Le mystère du « Deo Juvante »

François-Marie Pailler

Le mystère du « Deo Juvante »

Roman

LE LYS BLEU
ÉDITIONS

ISBN : 979-10-377-5234-5

Au large, on idéalise tout, c'est le retour à terre qui vous met la tête à l'endroit.

Pierre-Marie

En cette chaude soirée de juillet, Pierre-Marie se trouvait seul sur le quai de La Chaume. Il avait éprouvé le besoin de s'isoler pour faire le point, faire marcher sa mémoire après tout ce temps qui ne l'amenait guère maintenant à La Roche-sur-Yon que pour se recueillir sur la tombe de ses grands-parents.

Tout allait très vite dans sa tête ; les bruits et les odeurs qu'il retrouvait le conduisaient à se souvenir de son embarquement, l'été de ses 18 ans, à bord du *Deo Juvante* LS 3071, après sa réussite au baccalauréat.

C'était sur le quai en face, à 6 h du matin, après avoir ingurgité une menthe à l'eau pour faire comme l'équipage. Mais eux, ils avaient pris un rhum, le dernier peut-être, car comme disait gaillardement Charlot, le plus rond des cinq, avec un terrible accent sablais et un optimisme convaincant :
« On ne sait jamais si on reviendra ! »

C'était en vélomoteur qu'il avait fait le trajet depuis La Roche. À La Motte-Achard, son rêve était devenu presque réalité, à Saint Mathurin, une certitude et après avoir planté sa tente au camping, dans les pins derrière l'hôpital, il avait marché vers le port, reconnu le trajet qu'il emprunterait demain au lever du jour.

Quelques jours plus tôt, il avait fait ce qu'un ami de Fromentine, où il n'y avait que des embauches d'ostréiculteurs à la journée, lui avait conseillé : « fais les bistrots vers 18 – 19 h et demande poliment si un équipage ne recherche pas un embarquement ».

Après de nombreuses réponses négatives, un regard narquois l'avait dévisagé et lui avait répondu :

« Si j'ai bien compris, tu cherches un embarquement… Tu ne sais pas ce que c'est de rester quinze jours sans voir la terre ! »

Après avoir été invité à s'asseoir, l'interrogatoire avait continué et s'était terminé par un :

« Sois là dans trois jours, 6 heures du matin, sur le quai juste en face de la rue de la Sous-Préfecture ! À tes risques et périls, mon gars ! Retiens bien, LS 3071 ! »

La campagne de pêche

La mer remontait et en voyant passer les bateaux qui rentraient au port, il revivait le déroulement de sa campagne de pêche pendant laquelle il était resté dix jours sans voir la terre. Oui, ça n'avait pas duré quinze jours comme prévu parce que la météo avait diffusé un avis de tempête et que le Patron avait décidé de rentrer plus tôt.

Lorsqu'ils avaient débarqué, tout l'équipage avait compris qu'il vivait une situation triste, n'était attendu par personne et seulement susceptible d'aller dormir sous la tente au camping.

Lydie, la femme du patron, qui lui était apparue comme une femme sensible et affectueuse, avait beaucoup insisté pour qu'il dorme chez eux. Il avait refusé car il lui apparaissait que c'était la suite logique de ce qui allait rester pour lui pendant de nombreuses années et demeurait toujours, l'acte volontaire et courageux de sa jeunesse… Un acte qu'il qualifiait de « grande noblesse » quand il était en forme !

Lorsque Maurice avait dit :

— Allez, les gars, on y va si on veut être rendus à Rochebonne pour 11 heures !

Pierre-Marie avait ressenti un pincement au cœur et il lui était revenu à l'esprit ce roman qu'il avait lu quand il était enfant *Three men in a boat* de Jérôme. K. Jérôme dans lequel, au moment où la barque va chavirer, dans sa panique, le petit garçon pense à sa mère et à son plus jeune frère qu'il imagine ne plus jamais revoir…

Mais, sa mère, que pensait-elle de cette envie de s'embarquer à bord d'un chalutier ?

Pour lui, cet embarquement, il en avait rêvé pendant cette année monocorde de pension ; la mer, la liberté de penser que l'on a au large, il adorait et voulait vraiment savoir si son avenir était de devenir patron-pêcheur… s'il en aurait le courage, la philosophie et la force physique.

Après avoir enjambé deux ou trois cordes et s'être frayé un chemin parmi les casiers qui étaient sur le quai, il se retrouva un peu difficilement, car il fallait sauter d'un autre bateau, à bord du *Deo Juvante*, un chalutier en bois de 17,60 m qui lui apparut de construction récente.

En descendant dans la chambre, il s'aperçut qu'il n'y avait que cinq cabines, alors que, maintenant qu'il était à bord, l'équipage était de six hommes.

Il y avait Maurice, le patron, petit râblé frisé, très brun ; le second, Joseph, son beau-frère, mécanicien, grand et maigre, qui fumait des Pall Mall ; Jojo qui semblait être le plus joyeux de la bande et qui tout de suite, au moment des présentations, signala qu'il était de La Chaume et qu'il ne fallait pas confondre avec Les Sables-d'Olonne, car la France, disait-il :

— Ça se situe entre le havre de la Gachère et la pointe du Payré !

Cette affirmation atteignit son objectif et entraîna de grands éclats de rire. Sa situation et ses connaissances géographiques vendéennes ne permettaient pas à Pierre-Marie d'infirmer ou de confirmer, mais il lui apparut qu'il était de bon ton de sourire, voire de rire et d'acquiescer.

Charlot, déjà repéré au café, avait un air de ressemblance avec un des sept nains de *Blanche Neige* ; André semblait le plus taciturne, même un peu triste et malheureux ; quant à Paul, le mousse, Pierre-Marie l'avait déjà pris en affection tant il lui apparaissait corvéable à merci.

Alors qu'il s'évertuait à loger son sac là où Paul lui avait dit de le faire, il entendit une voix dans son dos qui lui disait avec un fort accent sablais :

— Tu t'appelles comment déjà ? Christian, c'est ça ?

— Oh non, pas du tout, Pierre-Marie !

Et devant l'air effaré de Maurice à l'idée de devoir l'appeler par un tel prénom, il eut le réflexe de lui dire :

— C'est breton ! Là-bas, on ajoute Marie à tous les premiers prénoms pour honorer la Vierge, mais je réponds très bien quand on m'appelle Pierre ou que j'entends Marie, les gens se trompent souvent !

— Alors d'accord Pierre, je te laisse ma cabine et moi je tournerai dans la couchette vide de celui qui sera de quart ! T'emmerde pas trop avec ton sac, je te l'ai dit l'autre jour au bistrot, sauf accident, t'auras pas besoin de te changer ! Tu vivras à bord du bateau comme nous tous. Ici, il n'y a pas de traitement spécial étudiant, tu as voulu t'embarquer, je t'ai donné mon accord, maintenant tu travailles comme les autres mais tu auras le droit de dormir après le quart de minuit jusqu'à huit heures !

Le moteur était en route, on n'allait pas tarder à appareiller ; Pierre-Marie monta sur le pont pour profiter du spectacle et aussi se mettre à l'abri des odeurs de fuel.

Malgré l'heure matinale, les pêcheurs à la ligne étaient nombreux pour profiter de la marée montante et le soleil qui se levait illuminait le port et la criée.

Tout à coup, Jojo, qui faisait de grands signes à sa femme flanquée de deux enfants, venue lui dire au revoir sur la jetée, cria : « débraye, nom de Dieu ! ». Maurice, en bon Patron, était à la barre pour assurer la manœuvre de sortie du port. Il bondit en dehors de la cabine et après avoir proféré quelques mots significatifs à l'intention de ces « putains de faignants d'estivants qui venaient leur compliquer le travail », remit les gaz après s'être assuré que le fil de ligne ne s'était pas enroulé autour du moyeu de l'hélice.

Au passage devant la tour d'Arundel, la mer était déjà un peu formée et le clapot commençait à se faire sentir ; comme le bateau avançait « bout au vent », la sensation était très agréable.

Pierre-Marie, habitué à moins de confort sur la « barcasse » des Guézenec avec lesquels il sortait parfois au large de Portsall, trouvait le *Deo Juvante* souple et docile mais prit rapidement la mesure de l'eau qui l'entourait à l'infini.

Sur la gauche, la plage était vide et les immeubles encore somnolents.

Le cap était mis sur le plateau de Rochebonne, lieu de pêche désigné par Maurice le matin au café et le bruit ronronnant et envahissant du moteur l'endormait, le saoulait.

Quelques mouettes, venues aux renseignements, volaient autour du bateau, mais elles savaient qu'il faudrait attendre environ quinze jours pour que la situation soit pour elles autrement plus intéressante.

Puis, André, qui avait remplacé le Patron à la barre, changea de cap et le bateau se mit à prendre les vagues par le travers.

La stabilité debout était difficile, le bruit du moteur lui envahissait la tête et Pierre-Marie ne savait plus ce qu'il pouvait regarder pour ne pas céder au mal de mer, ce mal que tout le monde craignait, y compris les membres de l'équipage.

Il sentait que sa vue était un peu floue mais il percevait cependant, à l'avant du bateau, Charlot qui remaillait un filet ; Paul lui, nettoyait des casseroles et une odeur de cuisine se mêlait à l'odeur forte du gas-oil.

Le canot à l'arrière l'accueillit et il s'installa sur les bâches qui étaient au fond et s'endormit.

C'est Paul qui vint le réveiller pour lui dire :

— C'est l'heure du casse-croûte, tu nous rejoins en bas ?

Que faire devant une telle injonction quand vous voulez devenir patron-pêcheur mais que votre estomac vous signale qu'il n'est pas au mieux ?

La descente de l'escalier lui parut difficile et il fut content de pouvoir s'asseoir rapidement sans avoir à parler.

— Fais-toi une tartine de rillettes, lui dit Maurice, parce qu'aujourd'hui, on ne va pas manger de bonne heure. On s'enfile un petit morceau maintenant et après on met le chalut à l'eau !

Indiscutablement, l'odeur ne trompait pas, c'était bien des rillettes qui étaient sur la table et Pierre-Marie se fit une petite tartine qu'il accompagna d'un verre de jus de fruits puisque selon la tradition des marins, chacun avait embarqué à bord la boisson qui lui convenait en qualité et en quantité et lui, avait choisi de l'Orangina.

Plus le casse-croûte serait bref et mieux ce serait car le bruit du moteur et les odeurs de gas-oil toutes proches étaient difficiles à supporter.

Lorsque Maurice dit de sa voix rauque « allez les gars, au boulot ! » et que tout l'équipage monta les escaliers « à la queue leu leu », à la manière de pompiers partant à l'attaque d'un feu, il ressentit un soulagement énorme en retrouvant l'air du grand large.

Tels des automates bien rythmés, les membres de l'équipage retrouvèrent très rapidement leur poste. Maurice ne délivra que quelques ordres brefs, en élevant la voix pour vaincre le bruit du vent et diriger la mise à l'eau du chalut sur le côté droit du bateau, après que le positionnement des fanaux ait permis de délimiter la zone de dragage.

Le Patron prenait la responsabilité du premier quart et du premier coup de chalut. La météo était bonne et le bateau décrivait de grands arcs de cercle autour des points de repère, les fanaux ; le moteur avait été mis au ralenti pour que la drague soit progressive et les mouettes qui entouraient le bateau poussaient des cris lugubres… De temps à autre, Maurice sortait de la cabine, se penchait par-dessus bord pour s'assurer que le chalut était bien gonflé et les autres matelots se reposaient dans leur cabine. Ils avaient « fait la glace » comme ils disaient, c'est-à-dire qu'à l'avant du bateau, pendant une heure environ, ils avaient disposé sur les étagères de la chambre, dite « froide », un lit de glace destiné à recevoir le poisson quand tout à l'heure, on relèverait le chalut.

Tout semblait donc fin prêt pour accueillir les premières prises.

Au loin, on apercevait d'autres bateaux qui eux aussi avaient décidé de chaluter à Rochebonne mais la concurrence ne venait pas des Français mais des Espagnols qui étaient la hantise des patrons sablais.

Pierre-Marie rejoignit Maurice qui lui expliqua pourquoi il ne ferait pas de cadeau aux Espagnols :

— Un jour, je n'étais pas encore à mon compte, embarqué sur le bateau de mon oncle Louis, de quart à la tombée de la nuit, je me suis trouvé face à face avec un bateau espagnol, deux bateaux espagnols, je ferais mieux de dire, immatriculés à Bilbao…

— Pourquoi deux bateaux espagnols ?

— Parce que les Espagnols, ils n'ont pas la même technique de pêche que nous. Le chalut, ils ne le mettent pas sur le côté, ils le traînent entre deux bateaux, et quand tu te retrouves au milieu, soit tu te déroutes, soit tu vas te planter dedans… et cette fois-là, je me suis dérouté, j'ai cédé… inutile de te dire si les autres ont rigolé… la prochaine fois, je leur rentrerai dedans, tu peux me croire, ces putains de « spingos » !

— Mais alors, vous cassez tout et un filet dans l'hélice, ça doit faire mal !

— Rien à foutre, les gars rigoleraient trop et puis ils n'ont qu'à aller travailler ailleurs, la ressource ici aussi ne sera pas infinie, tu comprends !

— Mais Rochebonne, là où on est, c'est bien au large de l'Espagne ; on a mis quatre heures pour venir ;

— Rien à foutre ! j'te dis, ça se trouve dans les eaux où on a le droit de pêcher, un point c'est tout !

Pierre-Marie pensa alors qu'il valait mieux changer de sujet de conversation que de cultiver le côté corsaire de la pêche côtière et se fit expliquer la signification des caps à tenir et des indications du compas : l'un des fanaux était Sud/Sud-ouest et l'autre assez logiquement, Nord/Nord-est.

Bien qu'entourés d'eau de toute part, le temps passait vite mais l'impatience de Maurice était perceptible.

Il appela les hommes et dit à Pierre-Marie :

— Tâche de ne pas gêner et mets-toi au treuil ; tu remonteras quand on te dira de remonter et tu t'arrêteras quand on te dira de t'arrêter ! De toute façon, ici, c'est moi qui commande !

Très surpris de la rudesse de ces propos, Pierre-Marie descendit mettre ses bottes et remonta sur le pont au poste de travail qui lui avait été assigné.

L'activité était intense et chacun semblait très excité ; il reçut l'ordre de treuiller après que chacun eut reçu de brèves consignes.

Les deux palans de bois à armature métallique réintégrèrent le bateau dans un fracas énorme et la remontée du chalut commença, pendant que le *Deo Juvante* prenait une gîte à tribord inquiétante en raison de la résistance et du poids de l'eau et peut-être aussi de la pêche miraculeuse !

La remontée dura une vingtaine de minutes. Il obéit aux ordres du Patron à chaque fois que celui-ci levait ou baissait le bras pour commander la manœuvre. La dernière fois où il entendit « vas-y, vas-y, vas-y ! », c'était pour parachever le mouvement et voir apparaître le chalut gorgé de poissons et de langoustines pendant que Jojo tirait sur la corde pour le mettre bien à l'intérieur du bateau, au-dessus du côté droit, avant de dénouer la nasse et libérer la prise.

Le spectacle, témoin d'une richesse sous-marine importante, fut alors grandiose… et chacun se mit à trier les lottes, les lieus, les soles, les langoustines, en faisant très attention de ne pas se piquer avec les chinchards, ces poissons de basse qualité qui ne servaient qu'à faire la soupe.

Pierre-Marie perçut sur les visages un sentiment de contentement et se dit que la campagne de pêche avait bien commencé.

Le triage du poisson et le nettoyage du pont terminés, le chalut fut remis à l'eau jusqu'à 20 h pendant que Jojo vérifiait et affinait la mise en glacière.

C'était André qui assurait le quart et chacun prit la direction de la chambre pour le casse-croûte en attendant le dîner de 19 h.

Pierre-Marie n'entendait plus le ronronnement presque maladif du bateau à la peine et ne percevait plus les odeurs qui l'avaient tant gêné au départ.

Après s'être restauré correctement comme les autres, il remonta sur le pont et prit la réelle mesure de son environnement : de l'eau au nord, de l'eau au sud, de l'eau à l'ouest, de l'eau à l'est et il pensa qu'il n'oublierait plus jamais la phrase historique de Mac Mahon prononcée par le général, il est vrai dans des circonstances bien différentes : « que d'eau, que d'eau ! »

Paul, après avoir fait et rangé la vaisselle était venu le rejoindre et ils avaient parlé de leurs familles respectives en fumant une cigarette.

Paul était l'aîné d'une famille de six enfants. Il avait quitté l'école tout de suite après le Certificat d'études et s'était embarqué pour ramener de l'argent à la maison parce que son père ne pouvait plus aller en mer après un accident… disait-il, raison qui en cachait une autre, très fréquente dans le milieu marin : l'abus de boisson.

La maman faisait des ménages mais le père, en « arrêt maladie », gaspillait beaucoup et les frères et sœurs ne mangeaient pas toujours à leur faim, les jours de beuverie.

Alors, Paul était un peu révolté contre tout, contre Maurice, le Patron, qui le prenait pour un « con », contre Joseph qui faisait tout pour le faire engueuler et surtout contre Jojo, qui un jour, à terre, avait endommagé sa mobylette achetée avec toutes ses économies. Il lui avait emprunté et n'en finissait pas de lui rembourser ce qu'il lui devait. C'était son seul luxe et il y tenait beaucoup.

Alors, dès qu'il pourrait, il irait travailler à La Roche-sur-Yon ou mieux à Nantes, car là-bas, à ce qu'il paraissait, il y avait du travail à terre alors qu'aux Sables, à part la mer, il n'y avait point d'embauche !

Pierre-Marie, sollicité et pris à témoin pour donner son avis ne sut pas quoi répondre. Il lui semblait que sur une surface aussi restreinte et close que celle d'un bateau de pêche, il valait mieux prôner la bonne entente, notamment avec le Patron et sur les raisons de son embarquement, il resta assez évasif car il lui apparaissait impensable de faire comprendre à Paul que lui aussi dans son milieu familial, il se sentait à l'étroit. Il lui dit simplement :

— Tu sais Paul, ce n'est pas parce que tu as une belle maison et des parents médecins, que tu te sens à ta place et bien accepté !

Il se souvenait encore de l'air absolument stupéfait de Paul qui l'avait forcé à ajouter : « si, si, crois-moi ! » et celui-ci avait clos la conversation en disant :

— Ah, c'est dont pour ça que les gars te trouvent un air malheureux !

À 19 h, Paul appela à la soupe, qui en était une vraie et que chacun d'entre nous mangea avec un certain appétit, avant de se retrouver à nouveau sur le pont pour relever le chalut, trier le poisson et le mettre en glacière.

Pierre-Marie tint compagnie à Charlot pendant le dernier quart, celui de 20 h – 24 h et Maurice le prévint en douce :

— T'inquiète pas s'il perd les fanaux, mais viens me chercher !

Quand l'évènement se produisit, après que Charlot lui eut longuement expliqué comment on faisait pour ne pas perdre les fanaux !, il n'alla pas chercher Maurice mais tint la barre pendant que Charlot y allait et tout rentra dans l'ordre rapidement. Le Patron repartit se coucher après avoir redéfini le cap et reconnu que d'autres fanaux avaient été positionnés par un collègue, assez proches de ceux appartenant au *Deo Juvante*.

C'était sans doute Étienne, le meilleur copain de Maurice, qui s'était mis à son compte en même temps que lui, après qu'ils ont navigué ensemble de nombreuses années à bord de « La Jacqueline », le bateau de son oncle.

À minuit, tout le monde était sur le pont et s'agitait en prévision de la remontée du chalut.

Une ampoule de 100 watts, pas plus, servait de lampadaire et s'agitait au gré de la houle et du vent.

Rivé à la commande du treuil, Pierre-Marie obéissait aux ordres et luttait contre le roulis. Il comprit rapidement qu'il lui serait difficile de marcher sur le pont en gardant l'équilibre pendant les manœuvres de nuit car il était impossible de voir d'où venaient les vagues et il eut bien du mal à donner un coup de main au triage du poisson, glissa plusieurs fois, déclenchant les rires moqueurs du reste de l'équipage.

Le travail terminé et ayant perçu le regard approbateur de Maurice, il regagna sa couchette après avoir pris ses précautions par-dessus bord et avoir espéré se laver les mains.

C'est Jojo qui lui montra « les habitudes de la maison », selon son expression favorite, et lui rappela que s'il voulait être bien vu du Patron, il lui fallait économiser l'eau douce, se laver les mains au savon Arma et enlever ses bottes avant de descendre dans la chambre !

Bien que l'endroit fut pour lui inédit et après avoir vainement tenté d'identifier les bruits et les craquements masqués par le seul ronronnement du moteur, il s'endormit en se remémorant quelques passages de « *Remorques* » de Roger Vercel, cet auteur qui le fascinait et avait donné son nom au Lycée de Dinan malgré la redoutable concurrence du Connétable Duguesclin…

Il fut réveillé une ou deux fois dans la nuit, notamment lorsque les hommes montèrent sur le pont pour le chalut de 4 h, mais c'est l'odeur du café apporté par Paul à 8 h qui lui servit de sonnerie de réveil :

— Prends ton déjeuner tranquille et tâche de nous rejoindre pour trier, lui dit Paul du haut de l'escalier, avant de disparaître en toute hâte.

À l'extérieur, le temps était maussade et un vent fort, force 3/4, soufflait du nord-ouest avec une mer agitée.

Le travail était pratiquement fini et Pierre-Marie perçut le regard ironique de Maurice qui pensait peut-être qu'il ne s'était pas beaucoup pressé pour monter…

La journée ne fut pas enthousiasmante, les mouettes très criardes, les coups de chalut moyennement productifs, à ce qu'il comprenait, mais tout le monde semblait content de ne pas avoir accroché pendant ces deux jours.

À 18 h précises, une espèce de procession/cérémonial commença et il n'en perçut pas tout de suite la finalité.

Joseph était de quart et les hommes rentraient à tour de rôle dans la cabine de pilotage jusqu'à ce que ce soit le tour de Maurice qui l'appela :

— Tu veux passer un message à tes parents ? Ils n'ont pas la fréquence, mais Lydie peut leur téléphoner…

L'objectif de cette attention lui apparaissant parfaitement inutile, il répondit par la négative et comprit en entendant le ton affectueux de Maurice, que les marins tenaient le coup parce qu'ils étaient reliés à la terre par cette radio :

— Allo, Lydie, Lydie, ici *Deo Juvante*, en pêche et beau temps. Je t'embrasse !

Lydie, Pierre-Marie la connaissait car il l'avait rencontrée le jour où il s'était présenté à Maurice et ils avaient bu un « Martini » tous les trois à *La Mouette*, le café du bout du port.

Lydie, sœur jumelle de Lydia, disait Maurice, lui était apparue comme une Sablaise très typique, brune et mince et il avait compris que le couple souffrait de ne pas avoir d'enfant, ce que lui reprochait très violemment sa belle-mère avec qui elle était fâchée.

De ce fait, Maurice ne voyait plus sa mère mais continuait à prendre régulièrement l'apéritif avec son père qui lui, était charpentier de marine, construisait donc des bateaux et n'allait pas tarder à prendre sa retraite.

Très discrète, Lydie parlait peu, mais elle lui avait quand même raconté que lorsqu'elle avait rencontré Maurice, elle était serveuse avec sa sœur jumelle au restaurant *Chez Gendre* et Maurice avait même ajouté qu'il avait tiré au sort :
— Lydie, Lydia, c'étaient les deux mêmes !

Mais, position sociale oblige, depuis qu'elle était femme de Patron, elle ne travaillait plus, sortait peu quand Maurice n'était pas là et le temps lui paraissait bien long sans enfant. Ils avaient bien pensé en adopter un, mais les démarches étaient difficiles et ici, avait-elle ajouté : « on serait regardé ! »

La vie à bord était donc ainsi rythmée : repos, sommeil « si possible et à chaque fois que possible », remontée du chalut, triage du poisson, mise en glacière, repas…

Le jeudi, le beau temps s'installa et l'après-midi, avec Paul, ils mirent leurs torses d'adolescents au soleil mais furent vite rappelés à l'ordre par le Patron qui du haut de la cabine leur lança :
— Au lieu de flemmarder au soleil, venez donc m'aider !

Ils avaient couru tous les deux, n'avaient pas très bien saisi à quoi ils devaient aider, puis repris leur conversation parce que Paul voulait absolument savoir pourquoi Pierre-Marie avait cherché un embarquement.

Se sentant en confiance, il en avait profité pour interroger Paul sur la technique à adopter pour aller aux toilettes. Depuis cinq jours qu'ils étaient à la mer, la perspective de mettre ses fesses par-dessus le bord en se coinçant les pieds dans l'armature de fer l'annihilait.

À chaque fois qu'il avait tenté la manœuvre, les vagues étaient venues lui frôler les parties intimes avec une indiscrétion qui le constipait !

Paul, un court instant interloqué, lui avait dit :

— Pour « chier » par-dessus bord, c'est bien de ça que tu parles ?

— Aucun conseil à te donner ; c'est comme t'as vu faire Jojo. Lui, il va facilement, moi, j'y vais pas pendant dix jours ! C'est à toi de voir !

Joseph avait annoncé au casse-croûte qu'il ferait la vidange du moteur dans la nuit puisqu'on était en milieu de campagne.

Vers 4 h du matin, Pierre-Marie fut réveillé par le silence ! Curieuse et envoûtante sensation que ce clapotis de l'eau le long de la coque du bateau comme seul bruit perceptible et cette impression de repos à l'infini provoquée par l'absence du ronronnement lancinant du moteur.

Il lui fut très difficile de retrouver le sommeil et c'est encore l'odeur du café que lui apportait Paul qui le réveilla.

Un peu penaud, il avala le contenu du bol, réajusta son pantalon et monta sur le pont.

Le ciel était gris, le vent était passé au Nord-Est et il faisait froid. Il y avait bientôt huit jours qu'ils étaient partis, on devait être Vendredi et Paul lui avait confié que si le Patron voulait bien, il ferait des langoustines à midi.

Après une matinée passée dans les embruns et une remontée de chalut difficile en raison de la forte houle, il fut content de se mettre à l'abri pour manger.

Tout l'équipage était là sauf Maurice, le Patron, qui assurait le quart.

À peine avait-il mis le pied sur la deuxième marche, qu'il comprit que Paul ne lui avait pas menti. Une odeur de langoustines régnait dans la chambre et un énorme faitout que Paul avait été obligé d'arrimer en raison du gros temps, trônait sur la table avec un bol de mayonnaise.

Chacun se servait en plongeant la main, décortiquait sa langoustine dans son assiette et l'agrémentait d'un peu de mayonnaise.

Un incident survint alors entre Joseph et Paul qui permit à Pierre-Marie de mieux comprendre pourquoi Paul accusait Joseph de l'engueuler sans raison.

Le bol de mayonnaise qui avait déjà parcouru la table en diagonale deux ou trois fois, sans que personne n'intervienne, effectua à nouveau un mouvement brusque qui lui fit heurter violemment le bord surélevé avant qu'un bloc de mayonnaise ne prenne son envol sous l'effet du choc pour retomber… dans une des chaussures de Joseph.

Tout le monde éclata de rire, sauf ce dernier qui, très en colère, exigea de Paul, après l'avoir copieusement réprimandé, qu'il lui nettoie sa chaussure.

L'après-midi, Paul rejoignit Pierre-Marie pour commenter l'incident et ils conclurent que c'était très difficile de vivre en atmosphère confinée et ils évoquèrent les sous-mariniers.

La vie à bord était devenue inconfortable en raison de l'état de la mer, surtout la nuit, parce que l'on ne voyait pas le sens des vagues au moment de la remontée du chalut de minuit et lorsque le mardi, Maurice avertit que l'on rentrait parce que la météo annonçait un gros coup de tabac, Pierre-Marie accueillit la nouvelle avec intérêt, pour ne pas dire avec plaisir…

Ils mirent le cap, Nord-Est/demi-Nord, sur Les Sables-d'Olonne après le coup de chalut de midi qui se révéla bon malgré le gros temps et essuyèrent de nombreux orages sur le chemin de retour. À chaque fois qu'une vague impressionnante prenait le *Deo Juvante* par le travers et venait s'écraser sur la cabine de pilotage, Maurice jurait et s'arc-boutait en s'agrippant au gouvernail, car il avait du mal à dominer le bateau.

Ce n'est qu'à une heure et demie, deux heures de l'arrivée qu'il retrouva un peu de sérénité et proposa à Pierre-Marie de tenir la barre et se servit un guignolet kirsch, cet apéritif traditionnel que tous les marins embarquaient à bord, au départ, parce qu'ils l'achetaient dédouané à la coopérative :

— La marée a été bonne, tu nous as porté chance, on n'a pas accroché une fois en dix jours ; tu peux revenir quand tu veux, lui dit-il sur un ton très sincère, et t'as pas ménagé ta peine ; c'est bien, j'y croyais pas au départ, comme quoi !

Les compliments s'arrêtèrent là, car Paul les avait rejoints parce qu'il voulait savoir où ranger le chalut qui n'avait pas servi. Il eut sa réponse en se faisant houspiller.

Une certaine frénésie régnait à bord et lorsque l'on rentra dans les eaux calmes en passant devant la tour d'Arundel, les hommes ne s'appartenaient plus et guettaient tous un indice d'affection, quel qu'il soit.

André semblait le plus impatient ; il se tenait à l'avant du bateau et les autres le plaisantaient.

— Tu crois qu'elle est partie ? lui cria Jojo. Moi, je lui ai fait cinq gosses, c'est comme une assurance qu'elle restera là !

Crainte obsessionnelle d'homme, l'arrière-pensée des marins était bien sûr que leur femme les trompe pendant qu'ils étaient en mer et André retrouva le sourire en apercevant la sienne sur le quai de La Chaume en face : elle était bien venue l'attendre comme il le souhaitait.

L'accostage fut facile et on se mit bord à bord avec Étienne qui était rentré quelques heures avant et attendait Maurice pour évaluer la marée et aller boire un verre avant de rentrer à la maison.

Lydie n'était pas sur le quai, bien qu'elle sache parfaitement que le *Deo Juvante* était de retour, mais femme de Patron, elle attendait sagement à la maison située dans cette petite rue étroite tout près du port, la rue de la Sous-Préfecture.

— Tu viens boire un coup avec nous ? demanda Maurice à Pierre-Marie.

— Je ne sais pas, il faut que je prévienne quand même que je suis rentré.

Sur le quai, tout se dérobait sous ses bottes et au café, le plancher lui paraissait monter sur des ressorts ; il n'avait pas bu mais il avait l'impression d'être saoul et désorienté :

— J'ai téléphoné, mais ils ne sont pas là ; j'essaierai à nouveau tout à l'heure.

— Tu peux dormir à la maison si tu es en rade, répondit Maurice et il ajouta : Toi, j'ai l'impression que ton père ne te donne pas beaucoup d'argent !

Alors, Pierre-Marie comprit que c'était peut-être parce qu'il n'avait pas proposé de payer une tournée et il reconnut que son père, selon un principe qui lui était très personnel, ne lui donnait jamais d'argent, mais lui en prêtait et qu'il devait le rendre quand il ne l'avait pas dépensé. Un grand éclat de rire avait suivi son explication :

— T'as qu'à lui dire à chaque fois que tu l'as dépensé, espèce de couillon et comme ça, petit à petit, tu te feras un petit magot !

Au deuxième appel, vers 19 h, sa mère décrocha et fut manifestement surprise même très étonnée de l'entendre :

— Ah, c'est toi ? Pourquoi n'as-tu pas prévenu ? lui dit-elle, je ne sais pas si j'ai quelque chose à manger pour toi !

— Non, non, ne t'inquiète pas, je ne téléphone pas pour rentrer manger, j'ai planté ma tente au camping derrière l'hôpital, comme d'habitude et je dors là ce soir.

À l'invitation de Maurice, il passa la nuit du lendemain soir chez lui :

— Une bonne nuit dans un vrai lit, ça ne te fera pas de mal !

Il se leva à 3 h du matin, fit sa toilette dans la cuisine de l'appartement en même temps que le Patron et après avoir bu un bol de café, ils prirent la direction de la criée.

Le spectacle était stupéfiant et il avait bien du mal à comprendre le système des enchères et de l'adjudication ; seul, l'air satisfait de Maurice lui fit saisir qu'il avait bien vendu et que la part qui reviendrait à chacun serait satisfaisante.

À la fin de la vente, une mise en scène touchante retint l'attention de Pierre-Marie. Tous les marins entouraient leur chef et marchèrent à ses côtés jusqu'à son domicile. Ils montèrent l'escalier conduisant à l'appartement, respectueusement derrière lui, sur leurs chaussettes, saluèrent Lydie et repartirent chacun avec leur enveloppe.

Pierre-Marie fut invité à rester au déjeuner où il fit la connaissance d'une des sœurs de Lydie et de son mari. L'ambiance était joviale et l'appartement des Trichet ressemblait à la maison du Bon Dieu. Il quitta tout ce monde attachant à la fin du repas, eut droit à sa cotriade et Paul, rencontré sur le port, l'accompagna jusqu'à Saint Mathurin. Ils stoppèrent les moteurs de leurs engins respectifs pour se dire au revoir et se quittèrent avec émotion.

Le soleil était passé derrière l'horizon et la mémoire fertile de Pierre-Marie le débordait… Un grand mystère régnait toujours autour de Maurice, Lydie et du *Deo Juvante.*

Soixante années plus tard, une partie de la vie de Pierre-Marie allait ressurgir comme si une machine à remonter le temps avait été activée.

En ce dimanche de printemps, il recevait un appel téléphonique d'une dame qui lui expliquait d'une voix hésitante et pleine d'émotion qu'elle faisait des recherches sur la vie de son oncle et sur son bateau le *Deo Juvante* qui demeuraient pour elle un très grand mystère. Elle avait appris par sa tante qu'il s'était embarqué en juillet 1961 pour une campagne de pêche au chalut et souhaitait le rencontrer pour démythifier le duo que formait son oncle avec son bateau.

Rendez-vous fut pris. Elle semblait être bouleversée autant que Pierre-Marie pouvait l'être.

Gina venait de rentrer dans ce devoir de mémoire, dans cette vie de souvenirs qu'ils allaient tenter de mener à bien.

Lydie

Poussés par le refus de la dictature de Mussolini, les parents de Lydie, qui venaient juste de se marier, avaient fui en 1926 Bormio situé au nord de l'Italie près de la frontière Suisse. L'absence de ressources et la perte de liberté les y avaient contraints et après un périple épuisant, ils étaient arrivés à Cheffois, petit village du bocage vendéen situé à l'est de la Vendée dans la région de La Chataigneraie et de Mouilleron-en-Pareds, qui était connue pour ses carrières de quartzite où bon nombre d'émigrés venaient chercher du travail.

La privation de libertés en Italie était due à l'avènement de celui qui allait être surnommé le « Duce » pour ses idées nationalistes autoritaires et le développement de son idéologie fasciste traduites par la création d'un groupe paramilitaire « Fasci di Combattimento ». La propagation et la lecture de *Mein Kampf* avaient contaminé les autres pays d'Europe et Hitler continuait de séduire.

Quelques années plus tard, Mouilleron-en-Pareds, déjà connu car pays natif de Georges Clemenceau, « le tigre vendéen », allait devenir malheureusement célèbre en raison de la mort en Indochine du Lieutenant de Lattre de Tassigny, fils du Maréchal.

En effet, les Bonacorsi qui ne voulaient pas appartenir aux « Chemises noires » de ce fils de forgeron et d'institutrice, n'étaient pas partis seuls de Bormio mais avec les Canclini et les Colturi, deux familles de cousins. En réalité, les premiers Bonacorsi qui avaient tenté l'aventure avaient fait étape à Vierzon en 1923 et avaient rejoint Cheffois après avoir entendu dire que les carrières employaient jusqu'à 250 personnes et qu'ils y trouveraient peut-être de l'embauche car le travail proposé n'attirait guère les locaux.

Constant était arrivé seul en France en 1926, plus précisément à Paris où il avait trouvé une entreprise de maçonnerie qui lui offrait un travail. Il logeait dans un petit hôtel en plein cœur de la capitale. Sa femme Émilia était restée au pays, attendant la confirmation de nouvelles positives et avait continué à travailler au Grand Hôtel des Bains de Bormio puis s'était décidée à franchir de façon clandestine la frontière, aidée par des antifascistes et à rejoindre son mari.

Par un beau matin de mai, une petite valise à la main droite et de l'autre son chapeau, elle se retrouve seule, perdue sur le quai de la gare de Lyon au milieu de visages inconnus de Parisiens agités à qui, elle ne peut s'adresser car elle ne parle pas un mot de français. Une certaine anxiété la submerge jusqu'au moment où elle aperçoit au loin son Constant qui court car il est en retard.

Ils restent quelques mois à Paris puis décident de rejoindre les frères Bonacorsi à Vierzon pour finalement partir s'installer à Niort, dans les Deux-Sèvres où va naître leur première fille, Marie et terminent leur périple à Cheffois.

La période 1939-1945 de la Deuxième Guerre mondiale ne fut pas une période facile pour les immigrés italiens, partagés entre leurs sentiments patriotiques, leur reconnaissance à la France pour son accueil et leur haine du fascisme. Certains durent se cacher pour échapper à la mobilisation générale, d'autres acceptèrent de partir au front dans les rangs de l'armée française et on en vit qui, en 1940, entrèrent en résistance. Constant échappa à la conscription en raison de son âge et de ses responsabilités familiales mais certains de ses frères et de ses cousins durent se soumettre.

Homme courageux et très adroit de ses mains, donnant entière satisfaction à ses patrons, il devint rapidement contremaître des carrières de Cheffois. Fort de ses capacités de maçon et de maître charpentier, il décida de construire sa maison, une maison assez grande pour recevoir les cinq enfants nés tous sur le sol français : Marie, Constant Luigi (le petit Constant), Lydia, Irena et Anne-France. Le petit Constant, emporté par la maladie ne vécut que cinq mois et Lydia Constantina arriva au monde le 20 octobre 1934, très rapidement après ce drame que la famille vivait avec une très grande dignité, gardant cette profonde douleur bien discrètement au regard des autres.

La maison ne tarda pas à être entourée de deux grands jardins qui donnaient à profusion fruits et légumes. Dans le cellier, les jambons et les pancettas séchaient sagement et l'on pouvait trouver deux grosses barriques de vin de l'année qui reposait en attendant d'être bu et pour lequel Constant prédisait qu'il serait bon cette année. Il y avait donc de quoi nourrir la famille mais aussi les voisins voire d'autres, moins chanceux. Car, c'est bien ce qui transpirait, ce qui émanait de cette famille généreuse, lorsqu'on longeait le four à pain que Constant avait construit de ses mains et qui dégageait une odeur de courage et de volonté pour tout le village.

À Cheffois, la famille Bonacorsi très serviable et bien admise est très respectée. Les enfants sont élevés dans la charité du Christ, la famille réunie va tous les dimanches à la messe. Les quatre filles sont sérieuses et se conduisent bien à part Marie qui eut, un temps, quelques velléités d'indépendance qui chagrinaient ses parents.

La petite Lydia, elle, est heureuse et épanouie. Elle a l'essentiel pour bien vivre, l'amour de ses parents, des amies, des sœurs, une maison, l'école. Elle adore gambader dans les chemins de campagne et joue à la marchande de poisson en tressant quelques feuilles de fougères qu'elle vend à sa sœur Anne, la petite dernière.

Le père n'hésite pas à rendre service dans les domaines où il excelle, maçonnerie, carrelage, menuiserie et Émilia, elle, fait volontiers un peu de ménage ou de couture pour les autres. En d'autres termes, la famille était très bien intégrée et l'on se mit très rapidement à parler français à la maison plutôt qu'italien.

Malgré toute cette bonne volonté de la part des parents et de leurs quatre filles, le qualificatif d'immigré ressurgissait parfois et de façon très surprenante dans la bouche de la Bonne-Mère de l'école de Cheffois. Interrogeant Lydia après l'obtention de son Certificat d'études sur ce qu'elle souhaitait faire maintenant, elle lui répondit de façon cinglante et peu charitable :

— Infirmière pour t'occuper des autres, dis-tu, il y a beaucoup de Françaises à passer avant toi !

En effet, Lydia voulait devenir infirmière car son sens du dévouement et du soulagement de la souffrance l'attirait vers les autres. Cette réponse que Lydia ne devait jamais oublier sera un des facteurs qui l'aidera quelques années plus tard à quitter son village.

Dans les années 1950, Cheffois est un petit bourg de campagne avec une boulangerie, un café, une épicerie et un laitier ambulant. Il est bien moins animé que Bormio, qui, en hiver, voit beaucoup de skieurs venir exercer leur sport favori et offre à ses 5000 habitants un conservatoire, un palace, trois bains thermaux.

Malgré, ces apparentes bonnes conditions de vie, ce fut Lydia, qui décida la première, en 1952, de quitter le cocon familial pour l'aventure aux Sables-d'Olonne. Il lui semblait qu'elle était une charge pour ses parents et qu'à 18 ans, le moment était venu de prendre son envol. Elle partit accompagnée d'une camarade d'école, Monique Ducept, sa meilleure amie, celle avec qui l'on partage les secrets, les joies, les peines.

Pourquoi Les Sables ?

Elle a lu dans la presse des articles qui vantent le retour à la vie de cette plage mythique au sortir de la guerre. L'armistice a été signé il n'y a que sept ans et tous ceux qui sont encore vivants ou rentrés du front se souviennent des reines que l'on élisait à Pâques depuis 1922 ou de la fête de la mer qui correspondait au départ des thoniers vers les côtes d'Afrique, chaque année depuis 1929 en présence de Monseigneur, l'Évêque de Luçon qui, à cette occasion, effectuait le déplacement pour bénir les bateaux, les marins et leurs familles. À cette époque, Les Sables constituait le poumon économique de la côte vendéenne.

La Presse ne faisait que relater la vérité et ce besoin de distraction et de bonheur que chacun recherchait après ces années de galère et d'occupation étrangère correspondait à une réalité.

Les historiens[1], spécialistes du pays sablais et chaumois, écrivent qu'au lendemain de la Seconde Guerre mondiale, la ville des Sables va mener une « guerre » sur deux fronts.

Tout d'abord reconstruire la ville détruite en lui offrant de nouvelles infrastructures économiques dignes d'un grand port de

[1] Hervé Retureau, *Les Sables-d'Olonne*, années 1950, Éd. Geste, 2016

pêche et de commerce, puis valoriser et développer le tourisme en rénovant le remblai où l'on a vu se promener la bourgeoisie locale et étrangère avant que n'éclate le conflit.

Une piscine d'eau de mer face à la plage, un casino flambant neuf, des jetées reconstruites et un quai élargi, voilà les grands travaux qui occupent le quotidien des Sablais, en ce début des années 1950.

Ce sont aussi les années qui vont voir revenir les grandes stars chassées par le danger généré par l'occupant et attirées à nouveau par le luxe et la nuit des casinos. L'architecture de la ville se modifie et sur le remblai aux traditionnelles villas de la Belle Époque se substituent les premiers immeubles dont le célèbre « Miramar ».

La ville opère sa mue, sa mutation et de nouveaux quartiers apparaissent au Sud mais aussi dans les dunes du côté de Cayola et à La Chaume, quartier resté longtemps plus populaire et plus ouvrier que l'on rejoint rapidement en prenant la navette sur le quai en dessous de la rue de la Sous-Préfecture.

C'est bien à La Chaume que marins, charpentiers de marine, maraîchers… retrouvent goût à la fête qui va redonner du cœur à l'ouvrage à tous ceux que l'Occupation a rendus timorés et qui ont envie de croquer à nouveau la vie à pleines dents.

Mais Lydia n'est pas arrivée aux Sables sans recommandations. Ses parents l'ont confiée à des amis, Monsieur et Madame Gendre qui l'accueillent comme leur propre fille. Accompagnée de sa « copine » de classe qui a absolument voulu la suivre, elle a toqué à la porte du restaurant *Chez Gendre* sur le quai et elles ont été embauchées comme serveuses mais la patronne les surveille de près et ne les autorise qu'à aller au cinéma du patronage situé à 300 mètres du restaurant où elle les attend dès que la projection est terminée. Traîner dans les rues quand on est une Bonacorsi n'est pas imaginable, d'ailleurs le lendemain, il faut travailler. Constant et Émilia lui ont confié leur fille et il n'est pas question qu'elle se dévergonde sous son toit.

L'adresse est bonne, on y mange comme les marins aiment manger quand ils sont à terre et elle a déjà repéré deux ou trois d'entre eux qui mettent beaucoup plus de temps que d'habitude à boire leur « Martini » comme si sa présence et celle de son amie les immobilisaient sur leur siège.

Il faut dire que Lydia est une très jolie jeune fille, brune de taille moyenne, mince, au visage apaisé. Elle sait qu'il ne faut pas trop sourire à tous ces gars qui entre deux marées viennent tuer le temps, sa patronne l'a prévenue, c'est la condition pour garder son travail longtemps. Malgré ces recommandations, on ne peut pas l'empêcher de virevolter au milieu des tables et de devenir celle qui sert le plus vite cette clientèle souvent « boit sans soif ». Mais c'est comme ça, lui a expliqué le patron moins rigoureux que son épouse, cependant, si tu en frôles un sans le faire exprès, il va tout de suite croire que tu veux coucher avec lui ! Alors, prends tes précautions ou choisis bien parce qu'après, c'est pour la vie !

Les parents Bonacorsi font de temps en temps le déplacement vers Les Sables. Constant, chapeau du dimanche sur la tête, est fier et toujours digne au volant de sa voiture à gazogène et Émilia lorsqu'elle repart ne cesse de remercier ses amis du restaurant et de faire des recommandations à sa fille. Voilà deux ans et demi qu'elle a « débarqué », selon une expression courante ici, elle va sur ses vingt et un ans et aspire à un peu de liberté dont elle pourrait profiter maintenant avec son salaire de serveuse confirmée. Comment faire comprendre à sa patronne qui se sent toujours investie d'un devoir de surveillance et de code de bonne conduite qu'elle aimerait aller danser au bal à La Chaume, les soirs de fête ou d'élection des reines qui la fascinent avec leurs coiffes dentelées et leurs jupes courtes en satin noir au-dessus du genou ?

Car, l'élection des Reines est une tradition voire une Institution qui a repris de plus belle depuis l'armistice.

D'ailleurs, si l'on en croit l'histoire ou même la tradition orale, ce serait l'empereur Napoléon, créateur de la ville de La Roche-sur-Yon, encore appelée « Napoléon Vendée » située à une trentaine de kilomètres de la station balnéaire qui aurait institué les « Rosières », titre destiné à récompenser une jeune fille pour sa réputation de vertu. Cette demoiselle, pure comme une rose, recevait une bourse importante, à condition d'épouser un grognard ! Les Rosières de la commune étaient choisies aux Sables ou à La Chaume dans des familles de marins. Physiquement, elles devaient répondre aux critères locaux, résultat de lointaines invasions ibériques ou mauresques : brune aux yeux noirs, teint mat et le mollet bien fait !

Loin de toutes ces contingences et bien qu'elle soit très près du profil idéal pour être candidate, Lydia qui marche d'un pas léger et naturel dans ses sabots, aimerait que sa vie s'égaie un peu… Un grognard qui ressemblerait à un marin courageux et poli lui plairait bien… Sauf qu'ici, ils ont tous un accent épouvantable et elle ne comprend pas toujours ce qu'ils disent !

Ce soir, c'est décidé, quand elle aura fini son service, elle traversera pour aller à La Chaume à la salle des fêtes. En arrivant seule, son amie est partie flirter avec son petit copain dans les dunes de Sauveterre, elle est étouffée par cette foule réunie dans la salle des fêtes et surprise de voir ces hommes bien habillés qui, les uns après les autres, s'assoient à une table posée sur une estrade. Elle entend autour d'elle qu'il s'agit du Jury qui constitue un comité élargi, composé par les membres du bureau, les membres du Conseil municipal, les représentants des différents quartiers de ville et certains responsables de groupements. Le choix des reines s'effectue parmi les reines de quartier et elle entend appeler successivement, celles du Centre-ville, de la Chaume, des Deux phares et de la commune libre de la gare.

Avant la proclamation des résultats, pendant la délibération du jury, un garçon qu'elle a vu de nombreuses fois au bar-restaurant se glisse à côté d'elle et très poliment lui dit :

— Je peux ? Je ne vous fais pas peur ? Vous me reconnaissez ? Maurice !

— Pas du tout.

— Comment pas du tout, vous exagérez Lydia/Lydie, avec toutes les bières que je bois là où vous travaillez pour avoir le seul plaisir de vous regarder.

— Non, bien sûr que je vous reconnais, c'était pour vous taquiner ! Avec ma copine quand on vous voit arriver, on dit tout doucement : « tiens, voilà Picon/bière. Le voilà à terre pour quelques jours. » Je dois dire que vous faites partie de ceux qui se conduisent le mieux au bar. Vous ne pourriez pas dire à certains qu'ils sont lourds et alors, lorsqu'ils ont bu un petit coup de trop…

— Oh si, je peux mais ce sont mes copains, enfin pas tous, mais ils font le même métier que moi. La prochaine fois qu'il y en a un qui vous embête, vous me faites un petit signe, non, tiens, un clin d'œil.

— Et quoi encore, un clin d'œil, sûrement pas ! Ma patronne, elle n'arrête pas de nous dire qu'il faut servir tout le monde pareil. Elle appelle ça la fidélisation de la clientèle.

Tout d'un coup, quelqu'un annonça dans un porte-voix qu'il fallait faire silence, que le Président allait donner les résultats et qu'après, on pourrait danser et boire jusqu'au matin mais ajouta-t-il, « il faudra attendre que la reine des Sables-d'Olonne et ses demoiselles d'honneur aient satisfait à un rituel, celui des "commandements" car l'élection n'est pas que l'attribution d'un titre. Elle a aussi pour but de récompenser la bonne conduite de certaines jeunes filles et de prodiguer une aide financière à leur famille. En contrepartie de quoi, il faut bien reconnaître qu'elles ont des obligations de toutes sortes comme la rencontre des plus âgés d'entre nous, le tour des commerçants et restaurateurs, et qu'elles doivent répondre à de nombreuses invitations pour les fêtes, la fête des habitants, le souffleur d'Arundel, la fête des vieux métiers d'Olonne, le port ouvert, la Grande bordée ou le coup d'envoi des matchs de gala de football et de rugby ou encore, l'arrivée du Tour de France lorsqu'il fait étape. »

Au moment où elle se retourne pour lui confier que les Sablaises sont vraiment belles, Lydia s'aperçoit que son chevalier servant n'est plus là. Le bal va commencer et on va venir l'inviter. Que répondra-t-elle ? Elle aimerait qu'il soit là pour la première danse. Tout d'un coup, elle se souvient, elle l'a entendu dire :

— Celui-là, la goule lui ferme pas, c'est pas la première fois qu'on vient, je vais fumer une cigarette, je reviens.

En son for intérieur, Lydia se dit alors : ça doit être ça la destinée des épouses de marin, d'attendre leur retour.

Ils passèrent leur soirée dans les bras l'un de l'autre. Maurice semblait tout savoir danser et Lydia était la cavalière parfaite.

Avant d'entamer le premier tango, il l'avait beaucoup amusée car il avait énormément de mal à dire Lydia :

— Je fais comme si vous aviez une sœur jumelle, je plouf Lydia/Lydie, Lydia/Lydie… et c'était Lydie qui était sortie.

Des Lydie, elle en entendit, en dansant, en buvant des limonades grenadines, en allant écouter le bruit de la mer sur le quai et en essayant de comprendre les explications de Maurice sur les différentes parties d'un bateau, de l'étrave avant au canot' à l'arrière en passant par le « tape cul », cette petite voile que les marins hissent pour éviter d'avoir trop de tangage.

En dansant, Maurice voulut savoir d'où elle venait, il disait que l'on pourrait croire qu'elle était d'ici, mais elle ne parlait pas comme les filles d'ici, alors. Lydie lui raconta ses origines, Bormio, l'Italie, Mussolini, Cheffois, Mouilleron-en-Pareds, le restaurant où elle le voyait. C'était la première fois où elle ne se sentait plus vraiment seule depuis deux ans qu'elle était arrivée.

En dansant, Maurice la rapprochait de lui, sentait son cœur qui battait fort quand elle lui racontait ses origines, sa poitrine qui était ferme et qui ne laissait pas son corps indifférent. Elle dansait la valse comme personne.

Lui, il n'avait pas grand-chose à raconter. Il naviguait à bord du bateau de son oncle depuis ses 16 ans et attendait de bien connaître le métier avant de se mettre à son compte, après le Service militaire. Il était né aux Sables, avait été à l'école aux Sables, vivait aux Sables chez sa grand-mère si gentille et libérale avec lui. Elle trouvait tout bien ce qu'il faisait alors que sa mère !

Lorsqu'ils entendirent dans le porte-voix que l'on éteignait les lumières et qu'il allait falloir se quitter, ils dansaient un slow.

Se posa alors la question du retour de l'autre côté : à pieds ou sur le porte-bagages du vélo de Maurice ? Ils firent moitié-moitié et avec les chaussures à la main, Lydie s'assit sur le porte-bagages de Maurice qui lui proposa de venir se reposer chez sa grand-mère. Il partait à la mer dans quelques heures et s'ils se quittaient maintenant, comme ça très vite, qui sait s'il la reconnaîtrait en rentrant !

Lydie n'était pas de celles-là. Tout ça attendra un peu lui dit-elle, comme ça, alors que je te connais à peine. Fais ta marée et quand je te verrai revenir « Picon-bière », alors, je me dirai que tu as tenu le coup pour moi. Je penserai à toi, tous les jours.

Il l'attira à lui et l'embrassa goulûment.

Maurice réapparut quatre à cinq jours plus tard. Il était très beau dans le rayon d'un soleil couchant qui annonçait pour Lydie le retour du bonheur. Il avait fait l'effort d'arriver seul et pas flanqué de copains braillards, ses cheveux ondulaient, il était rasé de frais et son sourire dégageait des dents qui paraissaient très blanches sur ce visage hâlé. Elle ne put lui sauter au cou, service oblige, mais lui tapa affectueusement sur l'épaule quand il fut assis et qu'elle vint prendre la commande.

Elle comprit alors que ce serait lui et ce soir-là, accepta de le rejoindre chez sa grand-mère.

Maurice

Maurice était effectivement un Sablais de souche né le 23 avril 1931. Son père Élie Trichet, homme de petite taille, gentil de nature, avait repris l'entreprise familiale de charpenterie navale et avait dans l'idée de transmettre la succession à Maurice, ne souhaitant surtout pas que son seul fils devienne marin !

Sa mère Victoria, née Legrel, n'était pas facile à supporter et témoignait tous les jours et à tout moment d'un caractère grincheux. Pour elle, rien n'allait jamais comme il fallait et elle continuait même à maugréer en exerçant son activité de ramendeuse c'est-à-dire qu'elle réparait, remaillait les filets usés ou déchirés et exerçait à cette époque un métier à temps plein qui ne lui laissait pas le temps de s'occuper de ses deux premiers enfants.

En fait, Maurice avait deux sœurs, Éliane et Gisèle. L'aînée, Éliane, était élevée par les grands-parents Trichet, en face à La Chaume où elle trouvera d'ailleurs son mari, Joseph qui naviguera plus tard à bord du *Deo Juvante* en tant que mécanicien.

Dans cette fratrie, il est le second et lui c'est sa grand-mère Antoinette Legrel dit « Mémé Nénette » qui l'élève. Elle a encore deux fils à la maison, Clovis et Louis qui sont tous les deux marins. C'est ainsi que Maurice dorloté par sa grand-mère et pris en charge par ses deux oncles ne répondra pas aux aspirations de son père et deviendra lui aussi marin à l'image de ceux-ci !

Pour Maurice, la vie à laquelle il aspire ne peut se dérouler qu'aux Sables ou à La Chaume et peu attiré par l'école, il passe ses journées sur le quai à regarder les bateaux, à discuter avec les patrons. Il prend goût à partir en mer avec ses oncles qui lui apprennent le métier et qui, en retour des services rendus à bord, lui verse un petit salaire qu'il donne à « Mémé Nénette », bien souvent en grande difficulté financière avec ses deux fils et Maurice à la maison.

À terre, il traverse toute son adolescence au milieu des fêtes sablaises nombreuses et animées au printemps et à l'été.

En parlant avec le Patron pendant la campagne de pêche à bord du *Deo Juvante*, Pierre-Marie avait bien perçu que cette population des gens de mer qui vivait une vie difficile faite de coups durs, d'hivers rudes et de jours incertains savait aussi profiter du moment présent. Peuple travailleur, il était toujours prêt à faire la fête et à dompter les aléas de la vie.

Selon Hervé Retureau[2], les carnavals, les mardis gras étaient propices à ces explosions de joie et d'excès en tout genre. On s'amusait et les quais de la Chaume s'animaient de chars décorés et de familles entières grimées, masquées, chantant des airs à la mode. Les Chaumois ont ce sens de la fête et ne le renient pas : ils aiment chanter, tourner en dérision l'un ou l'autre, affubler un quidam d'un sobriquet pour peu qu'il ait un trait de caractère particulier ou qu'il se soit fait remarquer d'une manière ou d'une autre.

Aux Sables, la traditionnelle fête des fleurs et la fête de la mer rythment aussi le calendrier festif. Au cours de ces fêtes très

[2] Hervé Retureau, *Les Sables-d'Olonne*, années 1950, Éd. Geste, 2016

suivies où se mêlaient le profane et le sacré, les bateaux sortaient pavoisés. Alors qu'il avait 18 ans et n'était pas encore parti au Service militaire, Maurice avait pu assister à cette fête de la mer marquée par la venue du nonce apostolique, Monseigneur Roncalli, le futur pape Jean XXIII.

Les familles de marins et la grande famille des gens de mer étaient très attachées à cette fête aux dimensions religieuses. De façon très traditionnelle, l'aumônier des gens de mer bénissait depuis le quai tous les bateaux de pêche puis, montait à bord de celui désigné et renouvelé chaque année pour aller avec l'équipage jeter une gerbe de fleurs au large en mémoire des « péris en mer ».

Revenu à quai, ce même bateau embarquait alors, sans que le patron soit très regardant sur la sécurité, bon nombre d'estivants leur permettant ainsi de recevoir leur baptême de la mer ou de voguer sur les flots.

C'est au cours d'une fête de la mer que Maurice prit la décision de devenir patron de chalutier, très exactement lorsqu'il vit passer depuis le bout du quai « Le Nouch » récemment construit qui venait d'être béni par l'abbé Fétiveau. Le patron Sylvain Baud avait fière allure dans l'encadrement de la porte gauche de sa cabine de pilotage. Son sourire en disait long sur sa satisfaction et il saluait avec son équipage la foule restée à terre qui attendait son tour pour embarquer.

Cet après-midi-là, il se dit : pourquoi lui et pas moi ? Cette idée le poursuivit notamment pendant toute la durée de son Service militaire. Au retour, il s'inscrirait au cours dispensé aux Affaires maritimes.

La fête des fleurs à connotation plus païenne suivait son traditionnel parcours dans les rues sablaises, sur le quai et le remblai. Les chars se succédaient sous les applaudissements de la foule ébahie par ce travail d'orfèvre où l'on reconnaissait le doigté des dentellières à l'origine de la confection des coiffes sablaises. Des groupes de musique du département suivaient le défilé et en plein été, le remblai était noir de monde tandis qu'au parc de la Rudelière et autour du lac de Tanchet, se disputaient des courses automobiles ou cyclistes.

Maurice fut appelé sous les drapeaux à l'âge de 20 ans et au Centre de sélection de la caserne Travot à La Roche-sur-Yon, après avoir satisfait à la visite médicale d'incorporation et choisi la marine, il fut dirigé sur Hourtin près de Bordeaux. Après ses classes et que son encadrement ait remarqué ses connaissances du monde marin, on lui accorda d'être affecté en Algérie, embarqué à Arzew sur une unité qui contribuait à la pacification de ce port qui, en 1942, avait vu l'opposition des troupes du Gouvernement de Vichy à celles de la Résistance.

La marine nationale souhaitait qu'il soit matelot gabier. Il le fut du 2 mai 1951 au 2 novembre 1952, avec une affectation à Oran le 27 juin 1952.

Lorsqu'il revint aux Sables, Maurice avait vu du pays et navigué sur la Mer méditerranée bien différente de son Atlantique où l'on est obligé de jouer avec les marées.

Loin de son cocon familial pendant dix-huit mois, il avait nourri avec plus de conviction encore le projet d'être patron de son chalutier, de se mettre à son compte.

Il n'avait pas été qu'un matelot gabier exemplaire comme le disait l'appréciation portée sur son livret militaire et les jours de grande forme, il aimait à raconter cette histoire que tout le monde connaissait dans la famille : l'histoire des chaussures en carton.

Sorti avec des copains en fausse perm' après avoir soudoyé la sentinelle de garde, Maurice racontait qu'après un dégagement historique, le canot' qui devait les ramener au bateau ancré au large avait fait sa dernière rotation et qu'ils avaient été obligés de rentrer à la nage en portant leurs vêtements hors d'eau. Ses chaussures n'étaient plus mettables et peu habitué aux coutumes nord-africaines, il avait fait l'acquisition, en remplacement, de chaussures de fabrication locale dont les semelles en carton ne résistèrent pas longtemps, notamment à la première rencontre avec l'eau !

Il s'en suivit quelques jours d'arrêt de rigueur qui n'avaient pas le moins du monde traumatisé Maurice, homme calme qui avait appris de ses oncles à maîtriser les situations difficiles.

En 1962, lorsque le Général de Gaulle abandonna l'Algérie aux Algériens au titre de l'autodétermination et des résultats du référendum, Maurice éprouva un certain ressentiment de voir ce beau Pays abandonné par les siens. Il n'avait pas participé au règlement du conflit algérien mais il se souvenait d'Oran, des odeurs du marché où il avait été se promener quelques fois le dimanche matin, de l'étale des poissons qu'il ne connaissait pas et aussi des filles qui savaient être belles. Lorsqu'il avait lu ça dans Ouest-France, il avait dit à Lydie :

— Tu verras, ils ne sauront pas se débrouiller tout seul et c'est en France qu'ils viendront chercher du travail !

La navigation évoluait et les bateaux à voiles, de plus en plus rares, laissaient place aux bateaux à moteur nécessitant la présence d'un mécanicien compétent à bord. Un temps, Les Sables fut un port abritant des thoniers, bateaux armés de deux grandes perches de part et d'autre du mât principal et de canes individuelles remisées autour de la guérite dont chaque marin était responsable en pêche. L'activité se déroulait au large des côtes d'Afrique et l'équipage partait pour trois semaines, un mois. Puis cette spécialité se déplaça vers l'Île d'Yeu et laissa place à la pêche au chalut et au filet. La sardine sablaise et les conserveries eurent alors leur heure de gloire et la criée devint au fil du temps une des plus grandes d'Europe. C'est à ce développement-là que Maurice voulait participer et lorsqu'il rentra du Service militaire, il passa commande de son chalutier à Élie Trichet, son père qui avait repris l'entreprise familiale Trichet-Valet qui affichait fièrement leur raison sociale « Espoir sablais ».

Maurice souhaitait acquérir un bateau polyvalent qui lui permette selon les circonstances météorologiques et la saison de faire la coquille Saint-Jacques, le thon, la sardine et le chalut.

Mais, il lui fallait auparavant acquérir son diplôme de Patron pêcheur, de Commandant de bateau en suivant les cours dispensés à l'École des Affaires maritimes et sa réussite à l'examen final l'autorisa à devenir Patron du *Deo Juvante* en 1957.

Patron d'un chalutier de 17, 60 m avec cinq hommes à bord, sans avoir une vraie famille, c'est-à-dire une femme et deux ou trois enfants, était un objectif bien maussade dans l'esprit du Chef d'entreprise qu'était Maurice. Tout s'annonçait au mieux, il avait rencontré Lydie.

Après leur rencontre au printemps 1955, lors de l'élection des reines de La Chaume, Lydie et Maurice ne se quittèrent plus malgré les hostilités rencontrées au sein de la famille Trichet.

Lydie, Mémé Nénette l'avait accueillie les bras ouverts mais il n'en avait pas été de même de Victoria Trichet, la future belle-mère qui n'arrêtait pas de « jaspiner » et disait sans cesse :

— Une Italienne… J'espère qu'il sait ce qu'il fait, mon Maurice. Quelle idée il a eue, mon Maurice, alors qu'il y avait tant de filles d'ici qui lui couraient après quand il était jeune homme ? C'est vrai qu'elle est jolie et si on ne le savait pas, on croirait volontiers qu'elle est de chez nous !

Et lorsque son interlocutrice l'agaçait un peu plus, il était très fréquent de l'entendre ajouter :

— J'espère qu'elle saura lui faire des enfants parce qu'ici, quand ils rentrent les maris, il faut être disponible et savoir faire !

Lydie trouvait le milieu dans lequel elle s'apprêtait à rentrer difficile. Les femmes étaient rudes, insensibles et conscientes de leur supériorité de femmes fidèles d'hommes à la mer. C'était leur devoir et leur fierté. Lorsque les Gendre, arrivés à l'âge de la retraite, lui proposèrent de reprendre le café restaurant, elle essaya d'influencer Maurice. Lydie considérait que c'était une opportunité pour eux, que ça leur permettrait d'être ensemble et pour elle de ne pas avoir toujours peur qu'un jour, il ne rentre pas.

Maurice n'entendit jamais les réflexions de sa mère, son père Élie semblait le comprendre et ses sœurs trouvaient Lydie sympathique et très charitable par rapport à ce qu'elle pouvait endurer. Quant à la proposition du restaurant, elle ne rentrait pas dans sa conception de vie et l'éventualité d'un métier de restaurateur fut vite balayée :

— Ici, chez nous, un homme, il est fait pour aller à la mer et sa femme ne travaille pas, elle s'occupe des enfants !

Cette phrase comportait les deux éléments de réponse : Maurice serait patron du chalutier dont il surveillait la construction, tous les jours, deux fois par jour et Lydie, malgré son enthousiasme et son goût du contact avec la clientèle, serait femme de marin et l'attendrait ! Cette situation sentimentale et psychologique faisait penser au roman de Marcel Pagnol. Fanny aimait plus que tout Marius, Marius aimait plus que tout Fanny mais l'attirance de la mer était si forte qu'elle le conduisait à rendre Fanny malheureuse et à l'abandonner sur le quai. Il reviendrait, ne l'oublierait pas mais elle était condamnée à l'attendre puisqu'elle l'aimait.

Mais Maurice, comme Marius, n'a nullement envie de faire souffrir Lydie et en homme pragmatique qu'il est, il avance vaillamment étape après étape vers l'objectif qu'il s'est fixé.

Ils se marient à Cheffois le 26 novembre 1955.

Le mariage qui dura un long week-end pour assurer la présence de tous les proches et rassembla 87 personnes, fut pour le village où Lydie était née, avait été connue petite fille puis jeune-fille, l'évènement de l'année. Il se déroula selon la tradition italienne dans laquelle vinrent s'incruster les traditions sablaises. Beaucoup de bourgades alentour vinrent faire les curieux. De toute façon, des deux côtés, on aimait faire la fête après avoir satisfait aux obligations religieuses qu'Émilia avait organisées dans le détail avec Monsieur le Curé.

Lydie était très belle dans sa robe blanche, au bras de son père Constant qui très fier, avait mis son plus beau costume pour la conduire à l'autel, chapeau à la main. Maurice, pour ce jour particulier, avait accepté le bras de sa mère qui avait revêtu ses habits de fête comme les autres invitées sablaises. Les Cheffoisiens ouvraient de grands yeux devant ces hautes coiffes en fine dentelle, ces jupes courtes plissées en satin noir, ces chasubles avec un haut col et ces sabots « sablais » en cuir verni noir et Mémé Nénette qui elle aussi s'était mise en costume traditionnel était pas peu fière de voir son Maurice se lancer dans la vie à deux et y était allée de sa petite larme discrète au passage du cortège.

Pour la fête, ils avaient choisi le restaurant « La boule d'or » situé à La Chataigneraie, ville toute proche de Cheffois, un lieu comme d'autres dans lequel chacun se sent bien, toutes générations confondues. La journée fut entièrement placée sous le signe de la convivialité, de la douceur, le déjeuner réchauffait les cœurs et émoustillait les papilles, les fruits de mer et les homards arrivés des Sables créaient l'émerveillement et pour terminer ce bon repas, une pièce montée ornée de fleurs avait été servie. Lydie, toujours discrète, veillait au bon déroulement et la majestueuse cascade de champagne ravissait les convives.

À l'ouverture du bal, tous les invités étaient bien décidés à faire la fête. Pendant le repas, ils avaient bien mangé et bien bu, à la fin du repas, ils avaient chanté. Maintenant, ils allaient danser jusqu'au petit matin…

Bien qu'ils aient essayé d'être le plus discrets possible quand ils avaient quitté au petit matin, Maurice et Lydie, jeunes mariés, avaient été suivis puis à peine couchés, obligés de se soumettre à la soupe à l'oignon.

Sur le chemin du retour vers Les Sables, Maurice et Lydie estimaient que tout s'était bien passé. Il n'y avait pas eu de bagarre, de paroles agressives, les Cheffoisiens avaient sympathisé avec les Sablais évoquant leurs contraintes et leurs ennuis respectifs d'agriculteurs, de carriers, de maçons, de marins. L'État n'aidait pas beaucoup ces professions mais après les malheurs que l'on avait connus pendant la guerre, il ne fallait pas trop se plaindre. Ces métiers étaient exercés par des courageux, c'était ça qui les unissait, c'était ça leur dénominateur commun. Après tout, l'Armistice n'était signé que depuis dix ans et l'on rentrait dans une période d'opulence et de modernité que l'on qualifierait de « 30 glorieuses ». Le jazz arrivé des États-Unis porté par les GI's envahissait les rues, on apprenait à danser le rock. La mode était au noir et blanc, aux costumes élimés aux manches, aux belles voitures, aux fume-cigarette pour les filles, aux grands chapeaux, aux moustaches pour les garçons et l'on s'était mis à consommer des boissons gazeuses en mâchouillant du chewing-gum.

Seule ombre au tableau de cette journée merveilleuse marquée du sceau du bonheur, la Bonne-Mère de l'école catholique où Lydie avait étudié jusqu'au certificat d'études s'était vue refusée par son ancienne élève d'être présente au Vin d'honneur qu'elle avait préparé, comme la tradition le voulait. Monsieur le Curé n'avait pas réussi à convaincre du contraire la mariée qui gardait rancœur des paroles inappropriées de sa Directrice.

Lui reprochait-elle encore d'être fille d'immigrés italiens, née sur le sol français et d'avoir, un temps, envisagé d'être infirmière après l'obtention de son Certificat ?

En tout cas, aujourd'hui, Monsieur le Maire avait dit haut et fort qu'il la déclarait unie à Maurice Trichet par les liens du mariage. La Bonne-mère pourrait continuer à l'appeler Lydia Bonacorsi, si ça lui faisait plaisir, mais pourquoi pas Lydie Trichet et qui sait, Madame Trichet !

Maurice, le marin venait d'épouser Lydie, la jeune femme de la campagne. La Mer s'était unie à la Terre pour le meilleur et pour le pire.

Au printemps 1957, Élie signifie à son fils qu'il faudra bientôt envisager la première mise à l'eau du bateau qu'il a commandé et qui a été construit dans son entreprise. S'il passe les tests de la première navigation, après l'avoir fait immatriculer aux Affaires maritimes, LS… il faudra lui trouver un nom et le soir, dans le petit appartement qui abrite leur bonheur, Lydie et Maurice cherchent en tournant les pages du dictionnaire. Sur le principe qu'en mer, il vaut mieux avoir Dieu avec soi que contre soi, Maurice aimerait se mettre sous sa protection, Lydie qui a été élevée par ses parents et surtout par Émilia, sa maman, dans la charité du Christ et le respect de la Sainte messe, approuve et ils trouvent ensemble que *Deo Juvante, Avec l'aide de Dieu* correspond à ce qu'ils cherchent et sont fiers que ce soit aussi la devise de la famille Grimaldi du Rocher de Monaco.

Ce soir-là, après cette recherche et leur décision prise, ils s'endorment une fois encore serrés l'un contre l'autre et savourent ce bonheur infini qui les a vus se rencontrer par hasard, se plaire, s'aimer, se marier et devenir propriétaire d'un chalutier imaginé par Maurice et construit dans les chantiers dirigés par son père.

Le baptême du *Deo Juvante,* LS 3071, sera un moment fort de leur vie. Lydie admire ce garçon qu'elle a choisi comme mari, à qui elle a donné sa confiance et qui est Patron à 26 ans après avoir réussi brillamment le cours qui lui donne le droit de naviguer et de commander un équipage.

Ce jour de mise à l'eau du chalutier en bois de 17, 60m comme aimait à le répéter Maurice, est un jour de fête chez les Trichet. Les cinq membres de l'équipage sont à bord lorsque le Patron dirige la manœuvre pour faire glisser le bateau qui dans le hangar était à sec sur des rails et rentre doucement dans l'eau, retenu par des cordes. De nombreux proches ont été invités à faire le premier voyage en mer, l'aumônier des marins est également présent, venu bénir cette nouvelle unité et Lydie est au milieu de tous les membres de sa famille et belle-famille qui la félicitent au moment où Victoria, la mère de Maurice, choisie comme marraine, casse la bouteille de champagne contre la coque au passage du *Deo Juvante* qui pénètre dans l'eau.

Au retour de cette sortie inaugurale qui les a menés un peu au large après avoir franchi la passe de la Tour d'Arundel, Maurice semble satisfait. Il a la modestie des marins qui savent qu'en mer rien n'est jamais gagné et que ce sont les éléments qui dictent leur loi. Après avoir accosté juste en dessous de la rue de la Sous-Préfecture dans le quartier du « Passage » où ils louent maintenant un appartement en face de leurs oncles, Maurice, sorti de sa cabine de pilotage, convie tous les invités à bord à célébrer ce grand jour « Au retour de la pêche ».

Soirée mémorable faite de joies, de chants et de bons plats.

Mais un bonheur n'arrivant jamais seul, en 1959, Lydie annonce à Maurice qu'elle attend un enfant. Le couple est comblé par la joie qui se profile de devenir parents. Le statut de femme au foyer est idéal pour le déroulement d'une grossesse et Lydie toujours discrète rayonne. Tout lui paraît léger et lorsqu'il est à la mer, elle attend son appel téléphonique lui signalant qu'il pense à elle, qu'il est en pêche du côté de Rochebonne et qu'il fait beau temps. Lorsqu'il est à terre, il est plein d'attention pour elle et le côté rude du marin disparaît laissant place à de nombreux gestes d'affection. Dans ce monde devenu soudain idéal, même Victoria à l'annonce de cette bonne nouvelle, trouve le temps, l'après-midi, de quitter ses filets pour venir rendre visite à sa belle-fille et lui prodiguer les conseils d'une femme d'expérience… Elle n'est pas de leur monde mais saura rendre son Maurice heureux.

Tout se passe bien pendant les quatre premiers mois, quant au cinquième, le couperet tombe avec le diagnostic désastreux de grossesse extra-utérine et de mort du fœtus depuis un mois dans le ventre de sa mère.

Lydie est hospitalisée de toute urgence en gynécologie-obstétrique, son état général se dégradait depuis un mois bien qu'elle ne veuille pas l'admettre et elle sombre dans le coma pour rester entre la vie et la mort pendant presque un mois à la suite d'une septicémie, son entourage soignant allant jusqu'à lui faire administrer l'extrême-onction par l'aumônier.

À la mer, Maurice est très inquiet. Il ne peut plus bénéficier de l'affection de sa Lydie et envoyer dans le téléphone son traditionnel « Allo Lydie, allo Lydie, ici *Deo Juvante*, ici *Deo Juvante,* je t'embrasse, en pêche et beau temps ! ». Le temps est mauvais, il fait froid, la remontée du chalut n'est pas réconfortante, on accroche et à bord, il s'irrite facilement et houspille Paul, le mousse.

À peine débarqué, il file à la clinique et un jour du mois de mai, alors qu'il pousse la porte de la chambre, le miracle se produit. Lydie ouvre les yeux, le reconnaît, lui parle. Elle est sortie du coma et il doit être le premier à le constater car l'infirmière qu'il a croisée dans le couloir ne lui a pas signalé. Les premiers mots de Lydie sont pour le *Deo Juvante* :

— Tu vois Maurice, Dieu vient bien en aide dans les circonstances difficiles !

La convalescence sera longue mais elle a échappé à la mort.

Dans les moments d'intimité, Lydie échange avec Maurice sur son incapacité dorénavant à lui donner un enfant et lui dit souvent :

— Bien sûr, je t'aime mais je comprendrais que tu me laisses pour en épouser une autre. Je serais terriblement malheureuse mais je comprendrais.

— Tu comprendrais quoi ? lui dit Maurice, et d'ajouter :

— On ne change pas de femme comme on change de porte-bagages de vélo. Tu te souviens ? Tu t'es assise sur le mien pour la vie, ça, c'est sûr !

Gina

Anne-France qui dans sa jeunesse était très complice de Lydie prit quelques années plus tard la direction des Sables où elle vint exercer le métier de vendeuse dans un magasin du Centre-ville. Son salaire lui permettait de financer ses cours de dessin dans l'espoir de devenir styliste puisqu'on lui disait souvent qu'elle avait « un joli coup de patte ».

Ce talent lui permettra d'ailleurs de dessiner et confectionner elle-même sa robe de mariée en cette journée très spéciale du 9 octobre 1961.

L'année 1961 devait en effet être pour le moins spéciale lorsque le 4 juillet, Gina vit le jour après huit mois de grossesse sans signes évocateurs. Anne-France qui était d'une très grande beauté et intelligente s'était-elle rendue compte qu'elle était enceinte, avait-elle consulté, avait-elle été suivie, avait-elle fait un déni de grossesse ?

Toujours est-il que ce 4 juillet 1961, c'est dans le plus grand des mystères que Gina vint au monde dans la maison de Cheffois après que sa mère eut parcouru, comme à l'accoutumée, cinq kilomètres à vélo pour se rendre à son travail à Pouzauges. Seul Constant, le patriarche, était présent. Il observa l'évènement avec beaucoup de calme, Anne-France avait presque 21 ans. Il comprit alors que sa fille avait cédé aux tentations de la vie et fut rassuré le lendemain lorsqu'il vit débarquer au volant d'une Floride, un homme, avec la déclaration de naissance en poche.

Gina s'appelait Gina Boutin, son père Fernand Boutin était originaire de Saint-Avaugourd-des-Landes, proche des Sables-d'Olonne. Fils d'agriculteur, il n'avait pas été tenté par le travail à la ferme et était devenu directeur commercial du groupe CLAAS. Il avait 13 ans de plus qu'Anne-France.

Anne-France et Fernand décident alors de s'installer aux Sables-d'Olonne et d'y ouvrir un restaurant. Les « congés payés » donnent à chacun, selon ses moyens, la possibilité de prendre du repos et du bon temps et les touristes ont repris l'habitude des vacances d'été, de préférence à la mer. Le 30 juin, la plage est déserte et le 1er juillet au matin, elle grouille d'un monde débarqué des trains dans la nuit.

Cette décision était aussi motivée par le ressentiment de Anne de voir son mari éloigné de leur maison de Caillère, située à cinq kilomètres de Cheffois, toute la semaine et de ne le voir rentrer que pour le congé de fin de semaine. Elle avait abandonné son travail et trouvait sa situation pire que celle d'une femme de marin, disait-elle à Lydie, avec un certain humour taquin !

Fernand avait fréquenté les plus grands restaurants de Paris et le virus de la cuisine lui avait été transmis par sa famille. Repartir à zéro professionnellement ne les effrayait pas et une nouvelle vie s'ouvrait devant eux aux Sables-d'Olonne, après l'acquisition d'une ancienne glacière et d'un petit bistrot qu'ils allaient rénover et transformer pour créer un restaurant, une crêperie et un hôtel dont Anne-France assurerait la gestion et où Fernand développerait ses qualités de Chef cuisinier.

En 1963, « Le Majestic » ouvrait ses portes, 24 Quai Guiné, face au port ; Gina avait deux ans.

Ses parents ne tardèrent pas à se rendre compte de l'inadéquation entre une petite fille de deux ans aux jolies boucles blondes et le travail très prenant de l'hôtellerie-restauration. La bonne Lydie n'était pas loin et au sortir de leur grand malheur, c'est dans la joie que le couple accepta de s'occuper de Gina.

L'histoire se répétait, les circonstances de vie aussi, Maurice avait été élevé par sa grand-mère, Gina allait grandir aux côtés de sa tante Lydie et de son oncle Maurice. Elle eut une enfance des plus douces entre cette tante qui avait du mal à lui refuser quoi que ce soit et cet oncle dont la rentrée à la maison était sacralisée et synonyme de joie.

Maurice était un Homme de la Mer et il appartenait à cette grande famille des « gens de mer » dont il connaissait parfaitement les règles de vie. Lorsqu'il était annoncé et qu'il avait mis pied à terre, tout s'organisait en fonction de lui, autour de lui. Gina, lorsqu'elle n'était pas à l'école, était autorisée à aller sur le quai le voir faire la manœuvre d'accostage et elle était la première à l'embrasser sur cette joue barbue et à lui donner la main pour le ramener chez lui.

À son entrée, une odeur de mazout se répandait dans toute la maison et au silence de son absence succédaient des éclats de rire et de joie. Il était suivi des membres de son équipage qui d'un pas non-chaland un peu gauche portaient d'énormes paniers remplis de langoustines et de soles, destinés au Patron. Ils les vidaient au milieu de la cour et Lydie en offrait à des personnes qu'elle tenait en estime. Quelques fois, c'était Gina qui était missionnée pour aller déposer notamment chez une dame seule qui habitait « rue du Boulet rouge » dans une grande maison avec un jardin, un sac qu'elle échangeait contre des rochers « Suchard », en remerciements.

Quelques jours plus tard, les membres de l'équipage reviendraient toucher leur enveloppe après la vente à la criée. Ils enlèveraient leurs chaussures et pénétreraient dans le séjour où Maurice remettrait à chacun leur paie après avoir calculé ce qui lui revenait en fonction de son grade, mousse, matelot, mécanicien, Patron et déduit les frais de mazout, de glace, de vivres et d'entretien du bateau.

Auparavant, Maurice avait averti par radio qu'il faisait « route terre » et cela signifiait pour Lydie qu'elle devait récupérer toutes les factures correspondant à la dernière marée, le soulageant ainsi de cette obligation.

Suivant la vente à la criée, l'enveloppe avec laquelle ils repartaient était plus ou moins lourde. Mais, avant de retrouver leur famille, il y avait un passage obligé qui leur permettait de redevenir terriens, « Le retour de la pêche », tout de suite à gauche en sortant de la rue de la Sous-Préfecture, bistrot à nul autre pareil où le langage peu choisi alimentait des blagues et des histoires sans fin.

Gina était aussi missionnée par sa tante pour aller chercher Maurice qui se complaisait dans cette ambiance de gens de mer. Qui pouvait imaginer ce qu'ils avaient enduré pendant huit jours, qui pouvait imaginer leurs frayeurs, leurs pensées, leurs appréhensions face à ces éléments déchaînés sans pitié ?

Elle lui prenait la main, lui donnait un baiser sur cette joue aujourd'hui bien rasée et lorsqu'ils avaient parcouru les quelques mètres qui les séparaient de l'appartement, monté les escaliers en chantant, ils percevaient en poussant la porte l'odeur des langoustines toutes chaudes qui les attendaient au milieu de la table avec un bol de mayonnaise toute tremblante d'émotion et des tranches de pain frais.

Maurice à terre, gardait les habitudes de la mer. Il ne s'attardait pas à table. Pour lui, c'était du temps perdu et dès que la fatigue donnait ses premiers signes, il disparaissait dans la salle de bain où Lydie le surveillait de près de peur de le voir se noyer en s'assoupissant dans l'eau chaude comme cela était déjà arrivé.

Mais depuis quelque temps, Gina quand elle est gagnée par le sommeil, entend au travers de la cloison des phrases qu'elle comprend. Elle a huit ans et elle a vu l'assistante sociale venir faire signer des papiers à sa tante. Cette phrase résonne dans sa tête :

— Ça sera long, mais vous devriez y arriver. La Réunion, Mayotte, tous ces pays de l'Océan indien sont demandeurs. Voyez avec votre mari quand il sera à terre.

Est-ce que cela signifie qu'elle va être obligée de quitter l'appartement, qu'elle n'y aura plus sa place d'enfant chérie, que Lydie et Maurice vont la rejeter ? À qui en parler… à sa tante ? se dit Gina dans toute sa confiance enfantine.

— Mais bien sûr, ma Chérie, nous te garderons avec nous tant que tu le voudras. Tu es notre bonheur à tous les deux.

Gina fut totalement rassurée lorsque quelques jours plus tard, en s'endormant, elle entendit Maurice dire à Lydie qui lui présentait le papier qu'elle avait rempli avec l'assistante sociale :

— Non, Chou, je ne signe pas ce papier qui va faire notre malheur. Nous aimons Gina comme notre propre fille. C'est celle de ta sœur, c'est un peu notre sang, en tout cas, le tien.

Et le mot « adoption » ne fut plus jamais prononcé au domicile des Trichet, car comme en mer, une fois que la décision était prise, que le cap était fixé, on s'y tenait.

Gina vécut aux Sables-d'Olonne de l'âge de 2 ans à 40 ans, partagée entre le quartier du Passage et la baie de Cayola. Puis elle quitta ses racines pour la région parisienne.

Durant son enfance, elle se partageait entre le 22 Quai Guiné où habitaient son oncle et sa tante juste devant la cale où était amarré le *Deo Juvante* et le 24 du même quai où était « Le Majestic ». Le manque d'intérêt que lui témoignait sa mère ne la préoccupait pas et ce déficit affectif était largement compensé par l'affection chaleureuse de Maurice et de Lydie avec lesquels elle vivait la plus grande partie du temps.

La vie douce et colorée dans cet environnement festif balnéaire et maritime était rythmée par un esprit de liberté et de vacances. Le temps se partageait entre des parties de jeu à la plage, d'interminables baignades, de longues promenades qui avec des amis la menaient du « Casino de la Plage » à la forêt de Tanchet. Gina était également une habituée des promenades en mer sur le « Diamant bleu », de la petite cabane de réservation où, chaque matin, des vacanciers fanfarons venaient réserver leur place sur le bateau qui les emmènerait en mer à la pêche au gros dont ils reviendraient toujours aussi fanfarons après avoir été malades au large, de la vedette G11 de la Gendarmerie maritime avec ses plongeurs qui acceptaient de la prendre à bord pour une heure ou deux.

Cette petite fille est curieuse de tout, du chai de son oncle près des piles, le long du chenal où l'odeur des filets qui sèchent au soleil se mélange avec celle des tomates que Lydie a plantées en souvenir des jardins de son enfance à Cheffois, de ce qu'elle entend dire des congres qui servent à faire la soupe de poisson et dans lesquels, un jour, une femme de marin aurait trouvé un doigt d'homme !

Dans sa jolie robe blanche, insouciante, elle adore gambader sur le sable fin quand devant elle, la plage s'ouvre à l'infini comme un monde magnifique, un endroit à part où le miroir de la mer s'étire vers l'horizon et où les crabes pressés filent sous les grosses pierres entre les rochers.

Au moment où sa mémoire répondait à sa sollicitation, elle se souvenait aussi :

D'une chute sur le trottoir longeant l'hôtel, après avoir couru avec des petits sabots sablais de la marque « Youyou » qui l'avaient trahie. Elle était allongée à terre, avec des visages inconnus qui se penchaient sur elle. Mais où était donc sa mère ? Mais où était donc sa tante ? Pourquoi n'étaient-elles pas venues à son secours ?

De sa grand-mère Émilia qui lui avait appris une prière familiale que l'on récitait chez les Bonacorsi et qu'elle disait dans ses moments de grande solitude. Dans son subconscient d'enfant, ça évoquait des rois qui s'asseyaient sur des trônes au-dessus desquels se trouvait dans le ciel un trône encore bien plus beau sur lequel se trouvait Dieu…

De son petit frère Gino qui venait de naître ce 2 mars 1965, jour de mardi gras et qui allait changer la vie de la petite fille de quatre ans qu'elle était alors. Ce jour-là, son père l'avait prise par la main pour aller à la clinique Notre Dame où sa mère venait d'accoucher. La ville était touchée par une épidémie de grippe et la Bonne-Mère qui surveillait l'accueil avec rigueur leur avait interdit de rentrer dans la chambre. Son père avait protesté et passé outre, et Gina s'était retrouvée face à son petit-frère qui dormait dans un berceau blanc. Il était aussi brun qu'elle était blonde, il avait le teint mat, elle avait le teint clair. Ils ne se ressemblaient pas mais elle aimait déjà ce petit frère si différent d'elle. C'était l'heure de la visite et le médecin qui passait lui avait dit, « tu es heureuse d'avoir un petit frère ? » Alors, elle lui avait répondu, le nez collé sur le berceau en lui montrant les dix doigts de ses deux mains « Oh, oui, mais j'en aurais voulu plein ! »

À partir de ce jour-là, pleinement consciente de ses responsabilités de sœur aînée, Gina se fit protectrice d'un petit frère comme l'ombre d'un père et d'une mère dont l'absence se faisait toujours sentir.

Lui revenaient également à l'esprit et de façon très nette :

Le décès de son amie Agathe marqué à jamais dans sa mémoire. Le spectre d'une tête de mort qu'Agathe avait brandi sur un drapeau quelques jours avant alors qu'elles jouaient aux corsaires dans le terrain vague derrière la rue de la Sous-Préfecture. « Méningite foudroyante » avaient dit les médecins et elle était partie au « Pays des Anges » sans qu'elle ait pu lui dire au revoir. Ce terrain vague, c'était là que se retrouvaient tous les enfants du quartier, les garçons jouaient aux cow-boys et aux corsaires et les charrettes qui étaient stationnées là servaient de balançoire.

Ses amies parisiennes qui venaient chaque été avec leurs grands-parents, avec lesquelles elle montait des pièces de théâtre sur le trottoir, sous l'œil curieux et enchanté de quelques passants.

Le décès de sa grand-mère Émilia et le grand vide qu'il avait entraîné chez la petite fille de huit ans qu'elle était. Émilia n'était que grâce à ses yeux et son élégance naturelle et discrète laissait à penser qu'elle pouvait être de souche noble, toujours coquette avec son grand chapeau de paille et sa robe en plumetis noire, surmontée d'un joli col en dentelle qui laissait percevoir sa maigreur. San Pietro Di Piatta avait laissé entendre que les « de Monti », nom de famille de la mère d'Émilia, appartenaient à une noblesse résidant en Suisse dans une ville appelée Cepina mais qu'en raison de mésaventures avec la loi, ils auraient été déchus de leur titre et contraints à l'exil en Italie. Ceci expliquait sans doute le port altier de cette grand-mère que Gina admirait tant.

Cinq, dix, quinze années passèrent avec son lot d'évènements dus à l'adolescence, au parcours scolaire, à ces environnements très particuliers sur le port puis quelques mètres plus loin sur le remblai et en face, à La Chaume.

Maurice était à la mer, travaillait beaucoup, refusait de prendre un peu de repos malgré le caractère usant de ce métier. Il gagnait bien sa vie et en faisait profiter son entourage. Lydie prenait soin de sa nièce comme si elle était sa fille et Gina ne faisait rien sans avoir pris l'avis de sa tante.

Très belle jeune fille, elle sentait le besoin de prendre son envol, avait quitté sa robe blanche et attaché ses cheveux blonds. Les petits crabes s'étaient cachés et elle se rendait compte que les étés de l'insouciance ne reviendraient jamais. Ses parents avaient vendu « Le Majestic » et après la mort d'une pneumonie de Constant son grand-père (il avait trop travaillé à la carrière) et de sa grand-mère Émilia d'un cancer généralisé, ils s'étaient portés acquéreurs de la maison de Cheffois avec l'idée d'ouvrir un restaurant dans le village et donc de déménager avec leurs deux enfants.

Le moment fut très difficile pour Gina qui se voyait obligée de quitter ceux qui l'avaient élevée et qu'elle aimait. Durant cette période qui fut cependant assez brève, toutes les occasions étaient bonnes pour revenir aux Sables et prendre Lydie dans ses bras. La vie à la campagne lui pesait et sans Gino, son optimisme quotidien et sa bonne humeur méridionale, jamais elle n'aurait pu oublier qu'elle avait quitté le bord de mer et les personnes qui lui étaient chères. Des problèmes d'urbanisme lui vinrent en aide, le projet du restaurant cheffoisien fut abandonné et un an et demi après, la famille Boutin était de retour aux Sables-d'Olonne pour la plus grande joie de Lydie et de Maurice.

L'été 1976 s'annonçait très chaud sur toute la côte sauvage et l'invasion de coccinelles en était l'annonce mais aussi celle de l'ouverture d'un beau restaurant « Le puits d'enfer », à l'endroit du même nom, face à l'Océan et ses couchers de soleil inoubliables.

Grâce aux capacités connues et reconnues de Fernand, il eut rapidement la réputation de « bonne table de la région » et Gina fut sollicitée par ses parents pour y travailler lorsqu'elle n'avait pas cours, le week-end et pendant les vacances.

Elle travaillait face à cette mystérieuse ligne d'horizon qui l'intriguait, l'emplissait d'émotion et l'invitait à découvrir l'inconnu, ces hommes pas tout à fait comme les autres, les marins qu'elle n'avait connus, enfant, que lorsqu'ils étaient à terre.

La mer était restée une affaire d'hommes et Maurice et les autres avaient inventé un argument-choc imparable : une femme c'est comme un lapin, ça porte malheur sur un bateau !

Ce n'était d'ailleurs pas tout à fait pour les mêmes raisons mais c'était finalement le même combat. À l'origine pour les femmes, c'était leur réputation d'avoir plus facilement le mal de mer que les hommes et après, on s'était rangé derrière l'argument des désordres sexuels qu'elles généreraient au milieu des hommes. Pour le lapin, c'était tout autre chose car il avait été constaté qu'un lapin vivant, précision très importante, était susceptible de manger les provisions voire grignoter certaines parties du bateau le rendant ainsi vulnérable.

Malgré ce dicton superstitieux, « jamais de femme et de lapin à bord ! » Gina avait tenté sa chance, l'été de ses 17 ans. Elle avait supplié Maurice d'accepter de l'emmener faire une marée de huit jours pour percer le mystère de ces hommes obligés de vivre cette vie, confinés sur ce qu'elle considérait comme une coque de noix, le *Deo Juvante.*

Elle avait osé poser la question dont elle connaissait d'avance la réponse qu'elle avait entendue de cette voix rauque et affectueuse qu'elle chérissait :

— Pas possible Gina, trop dur Gina, les gars vont devenir fous avec une jeune fille à bord !

La discussion n'avait pas été possible, elle ne saurait donc jamais ce qu'était cette vie réservée aux hommes, uniquement aux hommes et ne percerait jamais ce mystère qui habitait le microcosme dans lequel elle avait grandi.

Quarante ans plus tard, elle avait retrouvé les traces de ce jeune homme de 18 ans, « ce beau jeune homme » dont Lydie lui parlait souvent et qui s'était embarqué à l'été 1961. Maurice avait accepté et aimait à vanter son courage. Il n'avait jamais très bien compris le pourquoi exact de son aventure à bord. L'été 1961, c'était aussi l'été de la naissance de Gina, deux années plus tard, elle aussi avait été un peu abandonnée sur le Quai Guiné par sa mère mais tellement chérie par Lydie et Maurice, malgré son refus de la laisser monter à bord du *Deo Juvante.*

Pierre-Marie aimait à raconter sa campagne de pêche et il n'y avait pas de bon repas qui ne se termina par l'évocation du plateau de Rochebonne. Il aimait aussi à l'écrire et c'est en lisant le livre *À la conquête de sa mère*[3] que Gina l'avait retrouvé.

Cette spoliation affective maternelle commune les avait-elle rapprochés ?

Gina était une jolie jeune fille de son temps, toujours entourée de nombreux amis. Passionnée et faisant tout avec envie, plaisir, curiosité, elle savait manier la plaisanterie et organiser de vraies fêtes conviviales, alliant les choses simples et essentielles qu'elle avait apprises de son oncle. Franche comme son père, elle savait guider et agir sans équivoque, joyeuse et souriante comme sa tante, elle trouvait une solution à chaque difficulté. Son esprit créatif développé était sans doute un clin d'œil à sa mère.

En 1984, Gina qui a 23 ans vit avec un beau rugbyman de deux ans son aîné. Elle l'a rencontré lors de la troisième mi-temps d'un match mythique entre La Roche-sur-Yon et Les Sables, match de gala à Pâques où les reines des Sables venaient embrasser les deux capitaines à la présentation des équipes. Elle prend très à cœur son nouveau rôle de compagne et de mère de Marion qui vient de naître. Ce plus beau cadeau au monde la conduit à assumer ses nouvelles responsabilités avec enthousiasme et elle s'attache à faire de leur maison un foyer chaleureux et accueillant. Cet évènement, à nul autre pareil, lui fait comprendre et ressentir très rapidement que l'immense amour qu'elle a pour Marion est inconditionnel et viscéral.

Elle ressent les conséquences de cette naissance de façon tellement différente de sa propre mère qu'elle se demande si sa mémoire n'a pas été fuyante et sélective et ne l'a pas conduite à choisir la situation dans laquelle elle se trouve et à faire remonter

[3] François-Marie Pailler, *À la conquête de sa mère*, Éd Kelableanwi, 2012

à la surface des moments précis de son enfance où sa mère ne l'a jamais invitée à se rapprocher d'elle : « l'amour est difficile à bâtir, le désamour est cruel », pense-t-elle.

Mais appartenir à une équipe de rugby, c'est aussi l'occasion de nombreuses absences, entre les deux entraînements par semaine à La Rudelière et le déplacement du dimanche pour un match à l'extérieur. Pour oublier ces absences répétées, Gina se construit une vie sereine avec Marion. Elle observe les progrès qu'elle fait au quotidien, ses premiers sourires, son désir de manger seule et ses premiers pas flageolants… mais son père arrive toujours trop tard au rendez-vous du partage et de la joie familiale.

Gino est également pour elle un soutien affectueux important. Il lui arrive d'aller avec lui sur les champs de courses pour l'encourager dans ce métier de « driver » qu'il a choisi, lui qui est passionné de nature et d'animaux. C'est un garçon sensible qui « murmure à l'oreille des chevaux » et qui a remarqué, très jeune, l'indifférence de leur mère à l'égard de sa sœur. Ils sont soudés et le resteront par leurs prénoms, Gina et Gino.

Les moments d'incertitude du couple sont coupés de moments d'élans amoureux qui vont conduire à la merveilleuse naissance de Mathilde en 1990 puis de Margot en 1996. L'amour que Gina témoigne à ses trois filles lui apporte la preuve que l'on peut aimer en même temps intensément et sans restriction trois enfants. D'ailleurs, elle n'a pas hésité au moment de la naissance de Margot à arrêter son activité professionnelle, également grand amour de sa vie pour se consacrer entièrement à elles trois dans leur maison du Moulin Saint Jean, proche de la baie de Cayola.

Mais, la naissance de ce troisième enfant souvent destinée à « recimenter » un couple qui se fissure, n'a pas l'effet espéré et quatre années plus tard le beau rugbyman et Gina se séparent.

Lydie est anéantie, elle qui était si fière de la réussite sentimentale et professionnelle de sa nièce qui, après l'obtention de son diplôme de dessinatrice en Génie Civil au lycée Kastler Guitton de La Roche-sur-Yon et après s'être spécialisée dans l'habitat, a travaillé pendant neuf ans dans l'entreprise Milcendeau et après la naissance de ses deux premières filles, a ouvert son propre bureau d'études de création de projets spécialisés dans l'habitat et l'environnement.

La vie s'effondre, l'avenir avec et cette grande solitude qu'elle vit depuis quelques mois malgré le bonheur procuré par ses trois filles, l'anéantit.

À cette même époque, son père Fernand tombe malade, son frère se sépare de sa compagne, le restaurant « Le puits d'enfer » a été vendu quelques années plus tôt. Son grand-père paternel Emmanuel vient de disparaître et son épouse Alice le suit un mois après. Ont-ils emporté avec eux ce secret de famille ressenti mais pas connu ? Ce secret de famille, qui transperçait le silence, suggérait des doutes, des attitudes et une atmosphère de non-dits ?

La nuit du passage à l'an 2000, Gina voyait une histoire de 17 ans se terminer brutalement. À 39 ans, elle voulait remettre de l'ordre dans sa vie, utiliser ses qualités créatrices et artistiques… retrouver son indépendance pour mieux redémarrer.

Cette atmosphère de non-dits et de mystères inhibait Gina qui oscillait entre le désir de savoir tout en redoutant ce qu'elle recherchait. Se sentirait-elle responsable des problèmes occasionnés par la découverte du secret ?

Dans l'urgence d'une situation devenue difficile, elle avait rebondi avec le soutien affectif de Maurice et de Lydie en créant une boutique de décoration sur le remblai, face à cet horizon qui l'avait tant fascinée lorsqu'elle était enfant. Elle puisait sa force dans l'amour de ses trois filles.

Une autre vie de femme et de mère l'attendait et lui réservait bien d'autres surprises et quelques années plus tard, convaincue que sa vie n'était plus aux Sables-d'Olonne, elle décida de partir en région parisienne.

Laisser Maurice et Lydie derrière elle fut un grand déchirement. Comment ferait-elle pour leur témoigner cette affection qui l'avait soutenue, petite fille, jeune fille et femme ?

Quelques mois plus tard, dans ce TGV n° 8489 qui la ramenait aux Sables pour l'été, après ce rude hiver qui avait tant contrarié les pêcheurs, Gina se souvenait, comme Pierre-Marie l'avait fait quelques années plus tôt. Elle était partie à 7 h de la gare Montparnasse et après un arrêt à Nantes trop long et inutile pensait-elle tant elle avait hâte d'apercevoir la plage et de respirer à pleins poumons la brise salée de la mer.

Lorsqu'elle descendit de son compartiment, elle constata que son train avait un peu de retard. Le soleil éclatait dans un ciel bleu limpide, une très belle journée se préparait et ses premiers pas dans la rue qui la menait vers le « 7, quai Dingler » lui montrèrent que les vacanciers étaient là, nombreux. Ils exhalaient des odeurs de crème solaire et les maillots de bain découvraient des cuisses rougeoyantes qui avaient mal supporté les premiers bains.

Il faisait bon vivre ici. Au large, tout était bleu, le bleu de la mer se confondait avec celui du ciel et vers l'horizon un petit brouillard, une brume élégante dessinait une frise dentelée.

Dans quelques minutes, marchant d'un pas rapide, Gina allait retrouver Maurice et Lydie qu'elle n'avait pas vus depuis Noël. Ils l'attendaient avec impatience depuis 11 h 11, l'heure affichée du train qui pour eux ne devait pas avoir de retard, ne pouvait pas avoir de retard puisqu'il leur ramenait Gina.

Le rituel était immuable et depuis que Maurice était handicapé et avait une santé fragile, il l'accueillerait sur ce canapé où il passait la plus grande partie de sa journée. Lydie viendrait lui ouvrir la porte avec un sourire radieux et affectueux qui éclairerait son visage dès qu'elle tournerait la clef. Chez les Trichet, on recevait à l'italienne, on avait la culture du grand ménage pour « bien recevoir » et Lydie avait rempli le réfrigérateur comme lorsqu'un car de touristes était annoncé « Chez Gendre » pour le repas de midi.

Avant de franchir le seuil de la porte, Gina s'offrit un temps calme, presque un temps de recueillement. Elle s'assit sur le banc plein de souvenirs qu'elle affectionnait particulièrement, ce banc qui était sur le quai en face de la maison de son oncle et de sa tante.

Maintenant, le moment était venu, Maurice devait picorer d'impatience dans sa bonbonnière et Notre Dame de Bon Port égrenait douze coups de cloche au moment où Gina appuyait sur la sonnette de la porte. Son cœur battait fort, elle était bien attendue et une délicieuse odeur de café en témoignait, lui confirmant qu'elle était bien de retour.

Devant elle, sa tante Lydie et son oncle Maurice qu'elle n'a pas vus depuis trop longtemps. Leurs visages radieux témoignent de leur bonheur. Après de longues étreintes, Gina leur raconte les péripéties de sa vie parisienne, dans cette grande ville grouillante sans horizon où elle est privée de mer et d'odeur du large, de ses filles qui grandissent trop vite et qui commencent à lui échapper.

Maurice qui maintenant a du mal à marcher lui a pris le bras pour aller dans le séjour déjeuner et à la fin du repas, alors que Lydie se réjouit d'aller faire un tour avec sa nièce, le ciel est devenu sombre, la mer a changé de couleur et abandonné son bleu lumineux pour devenir grise, cette couleur qui fait que sur le quai devant eux, des femmes scrutent l'horizon, inquiètes, regardant au loin en essayant de reconnaître le bateau de leurs époux. La pluie s'est mise à tomber, Maurice a dit « ça, c'est un coup de tabac qui se prépare, je vous conseille de rester au sec ! », on entend la mer qui gronde, un bruit lourd qui semble vouloir assourdir les cris des pauvres naufragés.

Tandis que les nuages disparaissent, le vent soudainement se calme et fait place à une bonne brise de mer.

Assis sur le canapé, Maurice évoque avec Gina les changements brusques de temps qui entraînent des couleurs différentes de la mer qui passent du noir au gris, du gris au vert, du vert au bleu. Il parle avec enthousiasme des cartes maritimes sur lesquelles il étudiait et traçait avec son compas à la main ses routes de pêche, du sextant rangé dans sa boîte en bois précieux qui lui a servi, combien de fois, à relever la hauteur angulaire du soleil à midi et aussi à calculer la distance qui les séparait d'un amer lorsqu'ils étaient en pêche côtière.

En son for intérieur, mais elle n'osait pas l'exprimer devant lui, Gina pensait que les tempêtes pouvaient être perçues différemment et ce n'était pas trahir les marins que de constater qu'elles offraient un magnifique spectacle de nature en colère, de nature vengeresse. Combien de fois avait-elle vu au Puits d'enfer la mer furieuse lancer des gerbes d'eau et d'embruns qui ressortaient de la faille en venant se fracasser et se coller sur les vitres du restaurant de son père. Ce spectacle grandiose était toujours accompagné d'un bruit violent qui résonnait dans le sous-sol et parcourait tout le bâtiment.

Le « 7 quai Dingler » comme l'on disait couramment dans la famille et où elle venait se ressourcer depuis son départ des Sables, catalysait chez elle tant de souvenirs... Face à l'adversité de la vie, Maurice et Lydie étaient venus se réfugier dans cette petite maison face au chenal, juste à côté de celle des parents Trichet. Elle était baignée de lumière et de soleil et le grand balcon, à l'étage, était une invitation à contempler les bateaux et offrait une vue magnifique sur l'entrée du port.

Au premier plan, comme une toile dépliée, on pouvait voir le quai de la Chaume avec ses couleurs pimpantes, le gros cargo qui dans un bruit de sirène mugissante venait se mettre à quai pour décharger ses marchandises. Il passait près d'eux comme fatigué par son long voyage qui se terminait par un repos bien mérité dans le bassin dont les portes venaient de s'ouvrir et où il allait se réchauffer grâce aux rayons encore chauds du soleil couchant.

Maurice trouvait dans ce spectacle qu'il imaginait plus qu'il n'en bénéficiait une compensation à l'arrêt de son activité. Il ne commandait plus le *Deo Juvante* depuis 1983, année où il avait fait un infarctus du myocarde qui l'avait définitivement cloué à terre. La présence de sa nièce jusqu'en 2000 avait été un réel réconfort pour lui et Lydie qui, en épouse attentive, l'assistait au quotidien au risque de l'irriter parfois.

Cette présence pendant les vacances permettait d'évoquer cette promenade traditionnelle sur le remblai dont leurs différents et successifs logements n'étaient guère éloignés. C'était forcément à pieds car Maurice n'avait jamais imaginé avoir et conduire une voiture qui pour lui était un engin bizarre et dangereux. C'était forcément après « la sieste obligatoire » selon son expression.

Lydie et Maurice s'étaient souvent promenés sur le remblai lorsqu'ils étaient jeunes mais la présence de Gina donnait à cette escapade une autre dimension.

Ils redécouvraient à chaque fois les brasseries, les boutiques de friandises et de glaces que l'on trouvait sous les enseignes successives de « La niniche », « La sucette sablaise », « Maïté », la pâtisserie « Le Pierrot », « Le café de la plage »... Toutes ces boutiques étaient remplies de souvenirs pour Gina qui bien souvent accompagnait sa tante qui avait décidé de la gâter et suivait « Voulgui » son teckel qui semblait connaître le chemin par cœur, souvent guidé par les bonnes odeurs.

La contemplation de ces cinq kilomètres de baie, de plage avec ses cabines bien rangées de toutes les couleurs, était un régal et lorsque l'on regardait Maurice à la sauvette, avant de s'arrêter prendre l'apéritif traditionnel, on comprenait que ce n'était pas le sable fin qu'il regardait mais bien l'horizon qui s'étendait à perte de vue qu'il scrutait.

La promenade se poursuivait alors par la rue Travaux, rue très en pente qui conduisait au Centre-ville, puis au bout du port à la criée qui s'annonçait de loin par une forte odeur de poisson. Lorsque l'on arrivait aux Chantiers navals, le visage de Maurice s'assombrissait, son père en qui il avait plus que confiance pour la construction du *Deo Juvante,* cet après-midi mémorable du premier jour de la mise à l'eau, ce fils qu'il n'avait pas eu et qui ne prendrait pas sa succession ni celle de son grand-père. À cet endroit-là de la promenade, il se rapprochait de Lydie, lui donnait la main, avec toujours la même phrase qui accélérait les souvenirs :

— Bon, on rentre maintenant, Chou, car demain je démarre de bonne heure !

Le départ de Gina ou de ses filles à la fin des congés était un véritable déchirement toujours accompagné de l'éternelle question de « la prochaine fois »…

Maurice en mer

Lydie lorsqu'elle voulait bien raconter ses souvenirs disait combien elle avait été de nombreuses fois anxieuse quand elle apprenait diffusé à la radio par Saint-Nazaire que les bateaux allaient rentrer suite à un avis de gros temps. Tant de bateaux avaient sombré à quelques miles au large, juste à l'entrée du goulet en franchissant « le banc de la mort ». Il y avait tellement de tempêtes meurtrières et de familles endeuillées.

Maurice commanda le *Deo Juvante* de 1957 à 1983, année où la maladie l'obligea à abandonner sa complice, celle qui l'avait bercé et nourri pendant 26 ans, trompé aussi parfois tant son caractère pouvait être imprévisible. À ces années de commandement, il fallait ajouter la dizaine d'années qu'il avait vécues, comme apprenti, selon son expression, à côté de ses oncles Louis et Clovis.

En mer, à son compte, il était le Chef et avait une attitude totalement différente de celle adoptée à terre où il n'était finalement, pensait-il, que de passage. À terre, on racontait ce qui ne pouvait être que des exploits, des évènements parfois très périlleux que l'on avait vaincus et dont on s'était sorti avec les honneurs. En mer, on avait la responsabilité des gars à bord, on devait être courageux et professionnel et la sauvegarde du bateau dictait tout… Lui ne devait surtout pas trahir au risque de tomber à jamais dans le camp des adversaires. L'attitude en mer était une attitude humble, rythmée par les quarts de jour et de nuit et tournée vers l'adversité : prévenir, se méfier, anticiper, avait dit Maurice à Pierre-Marie lors de l'une de leurs discussions.

Au café, en rentrant de la marée, il était hors de question de faire part de sa peur, de ses frayeurs et c'était, la boisson aidant, à qui avait le plus facilement dompté les éléments, un peu comme dans un cirque. La mer rugissait parfois et manifestait sa colère à l'égard du dompteur, voulant lui imposer sa force, ses courants, ses profondeurs, ses roches, ses vents, mais elle ne devait pas dominer son adversaire.

Seuls les moments d'intimité avec Lydie lui donnaient ce qu'il considérait comme une faiblesse, le courage de parler de ses peurs. Les cafés du matin, pris à la sauvette avant qu'il ne parte à la criée créaient l'ambiance favorable à la confidence. Lydie n'en parlerait à personne, c'était la règle du jeu, la loi du silence. Elle était la seule à savoir.

Elle était la seule à savoir ce qui avait marqué ses campagnes jusqu'au jour où vaincu par la maladie, il avait dû abandonner la barre.

L'accrochage du filet était un des avatars les plus fréquents, Pierre-Marie l'avait bien compris quand il s'était embarqué, mais si accrocher une fois en quinze jours était tolérable, accrocher trois fois dans le même temps était insupportable et mettait Maurice en colère. Il prenait pourtant toutes les précautions d'usage et malgré la connaissance du lieu de pêche interrogeait systématiquement le « gonio », le sondeur à ultra-sons qui lui donnait la profondeur des fonds avant de donner l'ordre de mettre le chalut à l'eau. Il disait toujours aux gars de vérifier la tension des filins et de couper le moteur dès qu'ils sentaient une résistance à la traction et de venir le chercher, sans hésiter à le réveiller, s'il était dans sa cabine.

La marée durant laquelle ils avaient accroché trois fois, déchiré deux filets et même perdu par une mauvaise manœuvre le contenu de la drague de quatre heures avait été pour Maurice l'occasion d'une très grosse colère et d'engueuler tout l'équipage. À bord, il avait bougonné pendant tout le reste de la campagne et n'avait retrouvé le sourire qu'avec Lydie et ne voulait voir personne sauf son copain Étienne (alias Serge Clouteau) :

— Tu te rends compte, encore accrocher, les gars n'y sont pour rien, mais défaire le nouet sans attendre que le chalut soit dans le bateau, il faut être trop con ou avoir bu. Ce Jojo, je l'aurais viré par-dessus bord si Joseph ne m'avait pas retenu. Voir tout ce poisson repartir à la mer alors qu'on avait été minable jusque-là. Tant pis pour eux, l'enveloppe sera moins pleine. Moi, je ne peux quand même pas assurer tous les coups de chalut, si on ne peut pas faire confiance, je vais y laisser ma peau à la fin !

Lydie connaissait les colères de Maurice qui témoignaient bien plus de sa déception, de ses regrets que d'une très grande irritation. Elle arrivait toujours à le raisonner, à le disculper car il n'en voulait à personne et portait toujours la responsabilité de tout. La tendresse qu'elle lui apportait le conduisait à oublier et il s'endormait vaincu par la fatigue et le plaisir.

Le sommeil pouvait être un vrai problème pour certains marins à terre et lorsqu'on leur reprochait de repousser l'heure du dîner qui voyait le plat chaud devenir froid et l'épouse et les enfants continuer à les attendre, on oubliait cette rupture de chronobiologie qu'ils encaissaient pendant la marée et cette dette de sommeil qu'ils portaient en eux à leur retour à terre. Alors, il fallait plus que trois ou quatre jours pour retrouver un rythme de vie normal.

Des avaries pendant les marées, il en avait connues et le jour où dans sa cabine, il avait entendu le gars de quart crier « un homme à la mer ! », il avait bondi, avait monté les escaliers quatre à quatre sur ses chaussettes et avait vu le mousse qui se débattait dans ces eaux froides et criait à l'aide, quand une vague ne le submergeait pas, l'empêchant de reprendre sa respiration.

C'était de nuit, bien sûr, ces choses-là arrivent de préférence la nuit et la lampe sur le pont avant n'éclaire pas comme en plein jour. Tous les gars s'étaient réveillés et après lui avoir lancé un bout' et une bouée et qu'il ait réussi à se sécuriser, on avait remonté Paul à bord sans avoir eu à mettre le canot' à la mer. Le gamin pleurait à chaudes larmes, haletait, grelottait, était frigorifié et après l'avoir engueulé pour la forme et l'avoir réchauffé énergiquement, Maurice avait fait lui-même le café dans lequel Joseph avait ajouté une grosse lichée de ce vieux rhum bien utile dans les moments de détresse où ils avaient besoin de réconfort.

On n'avait jamais compris comment c'était arrivé et Paul, de peur d'être viré ne voulait pas dire.

À terre, lorsque Maurice avait raconté ça à Lydie, elle avait pleuré toutes les larmes de son corps. Elle savait épauler Maurice quand il en avait besoin et pensait à la mère de Paul qui, si ça s'était mal terminé, aurait perdu son soutien le plus efficace. Pauvre Thérèse, pensait-elle, qu'est-ce que seraient devenus les frères et sœurs ?

Enfin, tout ça s'était finalement soldé par une pneumonie sévère qui lui avait valu un arrêt de travail de dix jours, Paul n'avait pas eu de séquelles sauf que :

— Ça lui servira de leçon et qu'il sera plus prudent maintenant. En tout cas, mon Maurice, c'est bien grâce à toi s'il s'en est sorti le petit Paul, disait Lydie, à quoi Maurice répondait :

— Tu te rends compte, si j'avais perdu un gars à l'eau. Encore quand on fait naufrage. Mais là, par imprudence, je m'en serais voulu toute ma vie ! Les gars ont été chouettes mais tu sais, on a été à deux doigts de mettre le canot' à la baille.

Malgré tous ces ennuis, Maurice se demandait toujours s'il ne trouvait pas plus le repos en mer qu'à terre. En mer, il faisait corps avec son *Deo Juvante*, lui parlait, connaissait ses réactions dans le gros temps, ses préférences pour la drague selon le sens du vent, à tribord ou à bâbord, et la provenance des bruits que l'on entendait la nuit, ces bruits couverts par celui lancinant du moteur mais qui inquiétaient par gros temps.

Un jour, en hiver, ils avaient eu deux coups durs successifs, le matelot qui était de quart à la drague de nuit avait perdu les fanaux et ils avaient talonné sur une roche. Maurice avait craint une voie d'eau car le choc avait été violent mais elle ne s'était pas produite. L'hélice du moteur avait dû toucher le rocher et la goupille céder car peu de temps après, le bateau était ingouvernable. Le safran ne répondait plus et la barre était libre. Maurice jurait tout ce qu'il connaissait d'argot, Joseph malgré ses connaissances mécaniques ne pouvait pas réparer et le Patron s'était vu contraint, malgré ses réticences, de lancer un SOS.

Le CROSS[4] de Saint-Nazaire avait tout de suite répondu, pris en compte la position du LS 3071 et demandé aux bateaux qui

---

[4] Centre Régional Opérationnel de Surveillance et de Sauvetage.

étaient en pêche dans la zone de se dérouter pour stabiliser le chalutier sur sa position afin qu'il ne dérive pas et n'aille pas se fracasser, en attendant la venue de la SNSM[5]. Le vent était force 7, il fallait être vigilant.

La vedette bleu-orange partie de Saint-Jean-de-Luz ne tarda pas à être sur zone même si le temps parut long à l'équipage qui était sur le pont de ce bateau ballotté par les vagues et le vent qu'Étienne, le copain de toujours, essayait de maintenir bout'au vent.

Malgré la houle importante, la vedette de la SNSM se mit bord à bord et le Commandant monta sur le *Deo Juvante* pour s'assurer que les filins enroulés sur les treuilles de gauche et de droite avaient été correctement positionnés et tiendraient bon.

Pendant le retour vers Les Sables qui dura quatre heures, Maurice nourrissait de la rancune à l'égard de son chalutier, remorqué par des gars de Saint-Jean-de-Luz jusqu'à ce que ce soit la SNSM des Sables qui prenne le relais à mi-parcours pour ne pas mettre en faute les collègues basques qui n'avaient pas le droit de sortir de leur zone d'intervention :

— Merci les gars, à charge de revanche, dit Maurice au moment où les collègues sablais prenaient l'affaire en mains.

Les marins de la SNSM des Sables, Maurice les connaissait tous, il y avait un petit noyau de professionnels mais le gros de la troupe c'étaient des marins à la retraite qui venaient en aide à ceux qui étaient encore en activité. Solidarité des gens de mer, expliquaient les oncles qui en faisaient partie et qui étaient d'ailleurs dans l'équipage venu porter secours au *Deo Juvante.*

Maurice était soulagé de faire sa rentrée au port, remorqué par des gars du pays ; ça resterait une histoire de famille. La

---

[5] Société Nationale des Sauveteurs en Mer.

première personne qu'il aperçut sur le quai était Lydie, emmitouflée dans son manteau dont elle avait remonté le col, foulard sur la tête. Il était très exceptionnel qu'elle soit présente au retour mais elle avait entendu à la radio que le LS 3071 avait eu une avarie de moteur après avoir talonné, qu'il n'y avait pas de blessé et qu'il faisait route dans une mer démontée, remorqué par la SNSM. Son Maurice était là, elle l'avait aperçu, elle savait qu'il avait honte parce qu'un de ses matelots avait fait une mauvaise manœuvre mais elle avait compté, ils étaient tous là dans leurs cirés jaunes.

Combien allait coûter la réparation ? Combien de temps le bateau allait-il être immobilisé ? En ce moment, avec ce temps d'hiver, ils étaient souvent à terre et ça n'allait pas arranger l'équipage. Les commerçants connaissaient ces situations et faisaient crédit.

— Bien obligés, comment ils feraient pour manger nos marins ? Si on n'est pas capable de comprendre ça, il faut aller travailler ailleurs, disaient-ils.

« L'apothéose du bordel » racontait Maurice, ça a été la bombe 39-45. On l'avait ramassée lors de l'essai d'un nouveau filet qui avait une maille réglementaire qu'il fallait maintenant utiliser. Comme on ne voulait pas perdre de temps, quand on a été à cinq, six miles au large, j'ai dit aux gars :

— Mettez-le à l'eau, on va bien voir ce qu'on ramène dedans !

Bien m'en a pris et au bout de 20 minutes, j'ai donné l'ordre de remonter. Il y avait du petit, ça ne m'a pas interpellé mais ce qui m'a laissé sur le cul, c'est la bombe qui était là et sur laquelle on pouvait lire « Kriegsmarine ».

Charlot qui avait épousé une femme allemande nous a dit :

— Ça, les gars, c'est une bombe allemande de la Deuxième Guerre mondiale.

Et d'ajouter :

— Ce qui reste à savoir, c'est si elle risque de nous péter à la gueule ou pas, après ce très long séjour dans l'eau !

Dans ces cas-là, c'est le Patron qui prend les risques, normal, et je l'ai calée dans un vieux pneu qui nous servait de défense. J'n'étais pas fier, mais elle n'a pas pété et j'ai appelé la Gendarmerie maritime. J'allais sûrement me faire engueuler pour avoir dragué aussi près des côtes, mais lorsqu'ils sont arrivés sur zone, ils étaient blancs comme des linges essorés et ils nous l'auraient bien laissé la « bombinette ». Un plus hardi que les autres que le Chef appelait l'artificier eut alors la mission de la désamorcer et quand ils décrétèrent qu'il n'y avait plus de risque, ils partirent d'un grand éclat de rire en nous disant :

— Vous auriez pu la garder à bord et qui sait, ça aurait peut-être été la plus grosse prise de votre marée !

Maurice avait moyennement apprécié la plaisanterie et avait promis de passer à la Gendarmerie maritime pour signer le PV d'intervention dès qu'ils seraient rentrés, c'est-à-dire dans une quinzaine de jours.

Maurice avait ressenti aussi une très grande frayeur lors d'une marée où ils avaient eu de la brume tout le temps. Ils étaient descendus jusque dans le golfe de Gascogne et en remontant à vitesse réduite tant il y avait danger, après trois coups de sirène stridents, le *Deo Juvante* s'était retrouvé pratiquement à toucher un cargo qui faisait route à Santander.

Au-delà des coups de sirène réglementaires, deux longs, un court, deux longs, un court, entendus trop tard, ils avaient compris déjà depuis quelque temps qu'ils étaient dans une zone dangereuse car le bateau qui naviguait au calme s'était tout d'un coup mis à tanguer anormalement. Maurice et l'équipage étaient sortis sur le pont, scrutaient ce qu'ils pouvaient voir à quelques mètres, à bâbord, à tribord, à l'avant, à l'arrière, s'étaient posé la question d'une baleine dans les parages avant de se retrouver au pied de ce qui ressemblait à un mur infranchissable.

Le commandant du cargo depuis sa passerelle et à l'aide d'un porte-voix avait avoué à Maurice, dans un français très approximatif parsemé de quelques mots d'espagnol qu'il était perdu et ne savait pas quel cap prendre maintenant pour atteindre sa destination. Maurice l'avait renseigné avec beaucoup de solidarité, levant la tête à se rompre les cervicales pour essayer de l'apercevoir et avait compris qu'il avait bien reçu le message et remis les moteurs en route quand le *Deo Juvante* s'était à nouveau trouvé pris dans des remous dangereux.

Ces « spingos » pensait Maurice, ils sont aussi dangereux à la navigation marchande qu'à la pêche avec leur filet entre leurs deux bateaux !

Ouest France avait titré « Le patron du Deo Juvante ramène une tortue géante dans ses filets ». C'était l'évènement du jour, on ne parlait que de ça sur le quai des Sables et de La Chaume. Lydie était interpellée dès qu'elle faisait un pas en ville. Tout le monde voulait savoir et entendre le récit de cette pêche peu ordinaire.

La remontée finale, ce jour-là, avait surpris tout le monde. La poche avec ses centaines de kilos de poissons arrivait à bord avec la présence d'une tortue dont la taille impressionnait. Joseph était en appui contre la lisse et avait passé le bout' traditionnel pour relever le chalut au-dessus du pont. La tortue se débattait et après quelques interrogations, Maurice décida qu'ils ne la remettraient pas à l'eau mais qu'ils la ramèneraient au port pour en faire don au zoo de la mer qui se trouvait face à l'horloge qui trônait majestueusement sur le remblai. Dame tortue avait voyagé majestueusement dans le canot à l'arrière et après que les poissons avaient été rapidement triés et mis en glacière à l'avant, Maurice avait annoncé son retour par VHS à Saint Nazaire qui signalait « route terre avec belle surprise ».

Lydie et Gina étaient venues sur le bord du quai pour accueillir Maurice, en savoir un peu plus et voir « la belle surprise ». Son débarquement nécessitait une manœuvre inhabituelle pour Maurice qui devait non pas débarquer sa passagère mais la chaloupe arrière dans laquelle on avait mis de l'eau pour qu'elle reste dans son élément naturel. Débarquer le canot' rempli d'une eau bringbalante et alourdi par le poids de sa locataire avait été l'attraction du matin pour les badauds nombreux, toujours intéressés par la rentrée d'un chalutier et qui adoraient poser des questions le plus souvent marquées par leur ignorance des choses de la mer.

Dès qu'ils avaient été prévenus de la présence du *Deo Juvante,* les responsables du zoo marin étaient arrivés escortés de deux policiers pour faciliter la manœuvre et « Isabelle » était partie avec les honneurs dus à son rang de tortue !

Lydie, Gina et Gino allaient souvent jusqu'au zoo voir Isabelle qui avait son nom gravé sur l'aquarium dans lequel elle nageait paisiblement pour le plus grand plaisir des enfants. Le guide racontait volontiers comment elle était arrivée là, citait le nom de Maurice Trichet, patron du *Deo Juvante* mais Gina ressentait toujours face à l'aquarium une sensation de malaise due à la privation de liberté d'Isabelle. Elle aurait finalement préféré qu'on la remette à l'eau et Gino, en amoureux de la nature pensait comme elle.

Un besoin de souvenirs

Les quelques photos jaunies et le tableau du *Deo Juvante* que Lydie avait accrochés aux murs du salon rappelaient à Maurice qu'il s'était échiné pendant bon nombre d'années au milieu de l'océan à traquer le bar, le thon, les langoustines, les coquilles Saint-Jacques, les sardines… Elles faisaient également ressortir les odeurs de mazout, de tabac froid, d'alcool, de café qui rappelaient l'ivresse de se sentir vivant.

Maurice s'était définitivement arrêté de naviguer en 1983 après s'être sorti avec difficulté d'une hospitalisation en urgence à l'hôpital de La Roche-sur-Yon où il avait subi un triple pontage. Le chirurgien qui l'avait opéré l'avait prévenu qu'étant donné l'état de son cœur et de ses artères, s'il ne faisait pas un effort d'hygiène de vie et notamment ne supprimait pas les deux ou trois paquets de « Gitane sans filtre » par jour, la prochaine fois serait la bonne et qu'il ne pourrait rien pour lui. Il avait bien compris et essayait d'oublier la cigarette, de façon illusoire mais en patient observant, en mâchouillant des bâtons de réglisse qui l'agaçaient parce qu'il était sans cesse obligé d'essuyer ses coins de bouche.

Maurice n'avait pas l'habitude et n'aimait pas qu'on lui parle sur ce ton docte et paternaliste sévère. Il avait répondu :

— Je voudrais vous y voir vous en pleine mer, hygiène de vie, hygiène de vie ! Chienne de vie, oui !

— Si vous voulez, monsieur Trichet, mais, moi, au bloc opératoire, j'ai fait ce que j'ai su ou pu faire pour vous maintenir en vie, avait répondu le chirurgien.

Il avait malheureusement fait un accident vasculaire cérébral à sa sortie du bloc opératoire et son admission en « Soins intensifs » et sa prise en charge immédiate auraient vraisemblablement évité les séquelles demeurées longtemps invalidantes.

Maurice était heureux lorsque ses amis venaient lui rendre visite mais il ne fallait pas que cela dure trop longtemps, car ses réflexes de marin impatient reprenaient très vite le dessus. Il était, bien que diminué toujours pressé, pressé de changer de bord, pressé de remonter le chalut, pressé de quitter le salon, pressé d'aller se coucher sauf si sa famille était présente et l'entourait de tendresse, donnant à son visage l'illumination et le reflet d'un bonheur rayonnant. À ces moments précis, il restait avec eux, campé sur ses deux jambes écartées, bien en aplomb comme à la barre de son chalutier.

Maurice se remettait doucement de ces dix années difficiles et le médecin l'avait autorisé à reprendre une petite activité, « à terre » avait-il cru bon de préciser et il avait ajouté pour qu'il n'y ait pas de méprise, un petit boulot de second pas de Patron ! Il avait retrouvé un souffle de bonheur lorsque le pilote du port lui avait proposé de l'aider à rentrer et sortir les cargos. Il retrouvait un rythme de vie qui était le sien et aussi celui des marées.

Cette reprise raisonnable d'activité lui avait permis de mieux supporter la nouvelle que Lydie avait apprise au téléphone en rentrant du marché.

Les Affaires maritimes de Bretagne lui signalaient qu'à la suite d'une très forte tempête, le *Deo Juvante* avait rompu ses amarres et après avoir dérivé, était venu se fracasser sur les rochers. Le commandant du port de Loc Tudy avait ordonné son démantèlement ce qui était synonyme de cimetière des bateaux, de destruction, de fin de vie.

À l'annonce de ce drame, Maurice était devenu blême, incapable de prononcer le moindre mot. Quelques mois plus tôt, il avait vendu son cher bateau à un jeune couple du « Pays bigouden », c'est ainsi qu'il s'était présenté ; il souhaitait lancer une activité de plongée sous-marine. L'idée et le couple lui avaient plu car il était conscient que son bateau mis à l'eau quarante ans plus tôt ne pouvait pas séduire un jeune patron voulant se mettre à son compte avec un procédé de chalutage sur le côté qui présentait bien des inconvénients et des dangers par rapport à une pêche arrière beaucoup plus facile à gérer.

Il avait imaginé avec émotion le *Deo Juvante* s'émanciper, se reconvertir, changer de destinée, comme un successeur qu'il aurait pu avoir aurait été obligé de le faire mais cette décision de mettre le cap sur le Sud-Finistère lui échappait. Ce n'était pas lui qui en avait décidé ainsi.

Aujourd'hui était un jour de deuil pour Maurice. Gina qui avait été aussitôt prévenue par sa tante était accourue à ses côtés. Elle savait que ce serait une épreuve et elle se souvenait des paroles qu'il avait prononcées en étouffant un sanglot :

— Le cap ne doit pas être confondu avec la route suivie !

Il avait suivi des yeux cette silhouette, son compagnon de route, bateau en bois aux couleurs bleu azur et blanc, témoin d'un type de construction et d'une méthode de pêche des années 1960, jusqu'à ce qu'il se confonde avec la ligne d'horizon et le voile de brume.

« Non, se dit Maurice, les marins ne pleurent pas. »

Deo Juvante venait de disparaître des océans mais il resterait dans les cœurs de ceux qui s'aiment bien « au-delà du haut de la mer », de « l'eau de la mer », chantait le poète.

Maurice, étant devenu lamaneur c'est-à-dire, l'assistant à l'amarrage du pilote du port, Lydie avait repris une activité au « Bar de la glacière » où les propriétaires qui aimaient voyager lui avaient confié la gestion et partaient ainsi rassurés.

Tous les matins lorsqu'elle arrivait fraîche et pimpante, toujours de bonne humeur, elle pensait à ses années « Chez Gendre », son arrivée de Cheffois et sa rencontre avec Maurice. De façon très étonnante, comme s'il avait à se faire pardonner, Maurice aidait Lydie tant bien que mal en sortant tous les matins les tables et les chaises qu'il agençait sur la terrasse juste en face du passeur de la Chaume qui effectuait ses allers et retours entre l'éperon des Sables et l'éperon de La Chaume et déversait un flux constant de touristes et de locaux. C'est là qu'ils avaient fait la connaissance des Poupart, Robert et Marie-Do qui allaient devenir leurs voisins en se portant acquéreurs de la maison des parents Trichet, petite maison basse typiquement de pêcheurs qui avait gardé toute son âme et tout son charme dans ce quartier historique.

Lydie avait des ailes et trouvait beaucoup de plaisir à s'occuper des clients, comme à ses vingt ans. Malgré tous les soucis qu'elle avait traversés, les années ne semblaient pas avoir de prise sur elle et elle voyait Maurice partir rejoindre la vedette de pilotage-remorquage comme elle le voyait partir en mer après lui avoir donné un baiser. « En pêche et beau temps », entendait-elle résonner dans son cœur.

Le cri des mouettes, les claquements métalliques des haubans sur les mâts des voiliers et au loin, le ronronnement des moteurs de bateaux donnaient le ton et créaient l'ambiance de ce lieu.

Chaque fin d'après-midi, selon un rituel presque minuté, ce n'était plus au « 7, quai Dingler » que ses copains, anciens compagnons de route et de marée venaient le voir. C'était ici, au « Bar de la glacière ». Les Serge Clouteau, Alphonse Caillard, Henri Lefloc, Loulou Masson, Guy Boulet… poussaient la porte à tour de rôle, passaient une tête furtive pour savoir s'ils étaient en retard ou en avance et formaient des groupes de joueurs de belotte. Lydie ne posait pas de question, elle connaissait les préférences de chacun et apportait des ballons de vin blanc ou de vin rouge.

Gina se souvenait. Elle se souvenait de ce très grand tableau, cette peinture à l'huile accrochée au mur qui était inspirée du film « La soupe aux choux », elle se souvenait des jours de beau temps où la porte était grande ouverte et la terrasse pleine de monde et de cette ambiance à la Pagnol, les cigales en moins. Marius maintenant définitivement à terre, ne quittait plus sa Fanny.

Il y avait deux autres bars sur le port où l'on pouvait ressentir cette ambiance si singulière, « Chouchou » et « L'arrivée ». Là, les marins, les vrais, acceptaient de se mélanger à de nouveaux clients, les skippers du « Vendée Globe » qui venaient discuter de leur projet de course en solitaire.

Le 2 août 2014 fut le dernier voyage de Maurice qui mit un terme à ce retour à la vie. Avait-il choisi ce moment, l'été, où il savait que sa famille serait là ?

L'enterrement fut à l'image de l'Homme de mer qu'il avait été, simple et discret. Quoi qu'il advienne, une partie de lui resterait éternellement ici tant il avait marqué la vie du port, la vie du quartier et tous ses copains et amis avaient tenu à lui rendre hommage. La flamme du *Deo Juvante* qui avait été posée sur les balustres entourant l'autel l'accompagnait jusqu'à sa dernière demeure donnant l'impression de le protéger encore, de le protéger pour toujours. Ce fut plus qu'un moment de recueillement traditionnel, ce fut un moment de communion marqué par la fidélité des gens de mer.

Il avait été hospitalisé trois semaines, soutenu sans relâche par Lydie relayée par Gina qui avait fait le déplacement depuis la région parisienne. Elles essayaient de le distraire, de plaisanter, il retenait leurs bras lorsqu'elles le quittaient mais en homme réaliste et pragmatique, il savait que son hospitalisation était sa dernière sortie et qu'il ne reverrait sans doute plus jamais la mer.

83 ans à terre et en mer sans surenchérir jamais les difficultés rencontrées, comme un souffle de vent balayant les obstacles.

Le stress de cette vie de marin, de cette vie de danger où le jour et la nuit ne font qu'un avait eu raison de lui. Il avait choisi sans contrainte ce métier de liberté et de courage qui lui avait aussi permis de savourer les moments de bonheur qu'il trouvait à terre, à son retour.

Les cloches de Notre Dame de Bon Port avaient sonné à 15 heures. Dans l'église, il régnait une douceur singulière et apaisante, rarement ressentie ailleurs dans de telles circonstances. Ses six petits-neveux et petites-nièces l'entouraient de la douce lueur des cierges qu'ils tenaient à la main, Gina avait souhaité lui dire quelques mots devant ces nombreuses personnes de tous horizons venues l'accompagner, sa fille Marion avait lu un verset de la Bible rempli de sens pour tous ceux qui voulaient bien l'entendre. En étant fidèles à ses dernières volontés, Lydie et sa famille avaient souhaité célébrer la vie de Maurice plutôt que sa mort. L'abbé Tesson, aumônier des marins avait rendu hommage à son courage, sa force d'âme et sa foi et n'avait pas omis de dire dans son homélie, qu'avec l'aide de Dieu, il mettait le cap vers l'au-delà où chacun pourrait lui rendre visite sur la terre de ses ancêtres, le cimetière de La Rénaie à La Chaume.

Là, face aux éléments qu'il avait dû dompter toute sa vie, Maurice retrouvait une vie de terrien après sa longue vie de marin.

Malgré la disparition de son Patron, le *Deo Juvante* allait continuer de vivre dans les esprits !

Le 2 septembre, la traditionnelle fête de la grande bordée, 7e édition 2014, avait lieu au pied de la Tour d'Arundel mais devait être marquée, après son côté festif traditionnel, d'une émotion particulière en arrivant au Prieuré Saint Nicolas. L'annonce du décès de monsieur Constant Friconneau, historien de la mer et personnalité locale avait marqué les esprits et la flamme du *Deo Juvante* se tenait fière sur la façade principale du prieuré. Ses camarades savaient bien sûr que Maurice ne pouvait pas être présent lui qui aimait tant ces réjouissances locales et avaient tenu à l'associer, une dernière fois, à ce spectacle des vieux gréements paradant dans la baie et aux chants des marins accompagnant le passage des élégantes Sablaises.

Épilogue

Le secret que Gina aurait voulu percer en obtenant l'autorisation d'embarquer à bord du *Deo Juvante* avait été levé par la lecture du récit de la campagne de pêche décrite dans *À la conquête de sa mère.* Comment cet oncle si mystérieux et si jaloux-possessif de « son » large, pouvait-il diffuser autant de bonheur à terre où il ne restait que quelques heures ? Comment avait-elle pu trouver autant d'affection aux côtés de Lydie et de Maurice alors qu'elle était laissée pour compte par sa mère sur le Quai Guiné du quartier du Passage ?

Devenue adulte, ces questionnements constituaient pour elle ce qu'elle appelait « le mystère du *Deo Juvante* ».

Les gens de mer étaient-ils les seuls à pouvoir se prévaloir de tels mystères ? Le monde des marins était-il un monde à part ? Cultiver l'amour de l'effort portait-il en lui sa récompense, était-ce le partage essentiel de l'Homme ?

Dans leurs échanges, Pierre-Marie expliquait que le secret des gens de mer qu'il avait percé en s'embarquant, reposait sur l'apparente liberté d'entreprendre qu'ils avaient, le courage qu'ils déployaient pour obtenir une réussite de drague ou de pêche toujours soumise aux aléas climatiques, au vent, aux orages, à la tempête. Pas de contraintes horaires non plus dans l'exercice de ce métier, si ce n'est l'heure des marées qui dictait sa loi. Sur un bateau, on travaillait de nuit, de jour, et c'était le retour à terre qui faisait la rupture.

Cette activité qui était souvent un héritage familial, parfois une succession, « Si tout va bien, je prendrai la suite de mon père ! », conduisait-elle à la fierté de possession de son bateau ou d'un embarquement, de la vie avec une femme docile attendant le retour de son mari en s'occupant des enfants au quotidien, eux aussi attendant le retour du père ? Était-ce un héritage ou l'attirance du large, de la liberté d'entreprendre ?

« Au large, on idéalise ses pensées », témoignait Pierre-Marie, fort de son embarquement à bord du *Deo Juvante.*

Le poisson n'avait pas toujours été un besoin de première nécessité et c'était les temps modernes qui l'avaient introduit à un rythme plus soutenu dans l'alimentation de l'Homme selon des principes nutritionnels et les progrès de la médecine.

En mer, à son compte, Maurice était le Chef, le Patron et avait une attitude totalement différente de celle adoptée à terre où il n'était finalement, pensait-il, que de passage. Malgré tous les ennuis rencontrés, les écueils à surmonter, la sécurité à assurer, Maurice se demandait toujours s'il ne trouvait pas plus le repos en mer qu'à terre. En mer, il faisait corps avec son *Deo Juvante*, lui parlait, connaissait ses réactions dans le gros temps, ses préférences pour la drague selon le sens du vent, à tribord ou à bâbord, et la provenance des bruits que l'on entendait la nuit, ces bruits couverts par celui lancinant du moteur mais qui inquiétaient par gros temps.

Le monde marin est aussi un monde très attaché à ses croyances religieuses. La tradition impose d'être à terre pour certaines fêtes donc d'interrompre la campagne de pêche et de rentrer. Un bateau neuf sortant de la construction doit être béni avant de naviguer, la dévotion à Marie ne se discute pas.

Le choix et l'expression de se mettre sous la protection de Dieu au large, s'était traduit chez Lydie et Maurice par le nom de baptême du chalutier. *Deo Juvante. Avec l'aide de Dieu.* On avait donc besoin de son aide en mer comme on avait besoin que les bateaux soient bénis, chaque année, par l'aumônier. On ne connaissait pas d'enterrement civil chez les « péris en mer ».

Et puis, avec les temps modernes, ce métier d'abnégation, de courage et de partage qu'avait connu Maurice est devenu un métier réglementé. D'un exercice libéral, on était passé à un exercice codifié. Codifié par les lois, les règlements, les syndicats, l'Europe. De nouveaux mots clefs étaient apparus : quota de pêche, zones de pêche, mécanisation, automatisation, IFREMER (Institut Français de Recherche pour l'Exploitation de la mer), écologie et déchets plastiques.

Qu'aurait pensé Maurice du Brexit et de ses conséquences sur la pêche à Jersey et Guernesey ?

Chacun fait alors preuve d'ingéniosité, fermement décidé à conserver son bien mais ne peut pas lutter contre les bonnes pratiques recommandées, les règlements, les lois.

La taille de la maille du filet doit être respectée, la ressource halieutique doit être préservée et contrôlée. Et l'on peut penser qu'à l'image des ressources terrestres « le jour du dépassement halieutique » soit atteint dans un avenir assez proche, c'est-à-dire que l'Homme vive à crédit et au-dessus de ses moyens, épuisant de plus en plus tôt la ressource naturelle.

Le bateau ne suffit plus à nourrir les parents et leur fils qui a épousé une jeune femme qui n'est pas du pays ou a du mal à comprendre les exigences de la pêche. Si elle est du pays, elle a eu l'exemple de son propre père mais affirme haut et fort qu'une telle vie est insupportable.

À terre, l'épouse du marin est obligée d'admettre l'absence du mari et de remplir pendant un temps donné les responsabilités paternelles et maternelles.

Et les enfants que feront-ils plus tard si l'on ne s'agrandit pas ? Alors, les maris marins s'associent et constituent une flottille qui met en commun dépenses et recettes.

Devant autant de difficultés et la raréfaction des ressources, le métier de marin ne se transmet plus de père en fils. Ces métiers redeviennent des vocations et à l'attirance de la ville qui, un temps, fut manifeste, succède maintenant un retour vers les métiers de courage.

Lydie habite toujours 7, quai Dingler où, dans ses pensées, Maurice continue ses longues pauses réparatrices sur le canapé en lisant des SAS, ses livres favoris... avant de repartir en mer. Elle profite du climat clément des Sables qui lui autorise sa promenade quotidienne qui la conduira inévitablement vers le remblai.

Lorsqu'il acheta un bateau, Pierre-Marie le baptisa *Deo Juvante2*. Il le vendit après que son fils aîné se fut perdu dans la brume au large de Portsall. Parti par un temps magnifique avec un vent du Sud, il fut soudain dans l'embarras et le danger. Seuls son sang-froid et sa patience le ramenèrent à terre. Le *Deo Juvante2* fut alors mis au corps mort puis condamné, donc vendu…

En région parisienne, Gina continue sa vie de souvenirs et de soutiens à sa tante chérie et en mars 2020, au moment où la France venait de se confiner, elle eut la certitude que la mémoire du *Deo Juvante* ne s'éteindrait jamais. Comme tous les matins au petit déjeuner, elle regardait sa page Facebook, groupe « des Sables-d'Olonne ». Quelques mois avant, elle avait publié une photo du bateau de son oncle. Il y avait une réponse :

— Bonjour, le *Deo Juvante* était le bateau sur lequel naviguait mon arrière-grand-père, Joseph Moulic.

— Bonjour, oui, je l'ai bien connu, il était le beau-frère de mon oncle Maurice Trichet.

— Avez-vous d'autres photos ?

— Je vais chercher, il m'arrive d'aller aux Sables pour voir ma tante. Je sais qu'elle en a.

— Merci, à bientôt.

— Au plaisir, je vous tiens au courant !

Elle tapa sur le moteur de recherche *Deo Juvante*/Maurice Trichet qui la conduisit à « À la conquête de sa mère » puis à Pierre-Marie qui lui, avait vécu à bord un été de 1961 et le livre faisait revivre son oncle et son équipage composé de noms qui lui étaient familiers.

Quelque temps plus tard, Gina apprit que son correspondant Facebook était bien le petit-fils de Jean-Yves Moulic, marin pêcheur et l'arrière-petit-fils de Joseph Moulic, mécanicien sur le *Deo Juvante*. Il était aussi le fils de Dimitri Moulic, mort en héros ce 7 juin 2020 où la vedette de la SNSM était sortie, en pleine tempête, pour porter secours à un homme en détresse. Ce jour-là, trois hommes avaient perdu la vie.

L'automne de cette même année devait rajouter du malheur au malheur. Gino décéda brutalement le 3 octobre, à l'âge de 55 ans. Une partie de Gina disparaissait car s'ils n'étaient pas jumeaux, leurs prénoms l'étaient. Seule héritière de ce mystère que fut le *Deo Juvante,* Gina transmet à sa petite fille Maëlle l'histoire de ses racines où Maurice et Lydie occupent une grande place.

Ne jamais oublier dans cette mosaïque de vécu d'où l'on vient pour savoir où l'on doit et peut aller.

Annexes

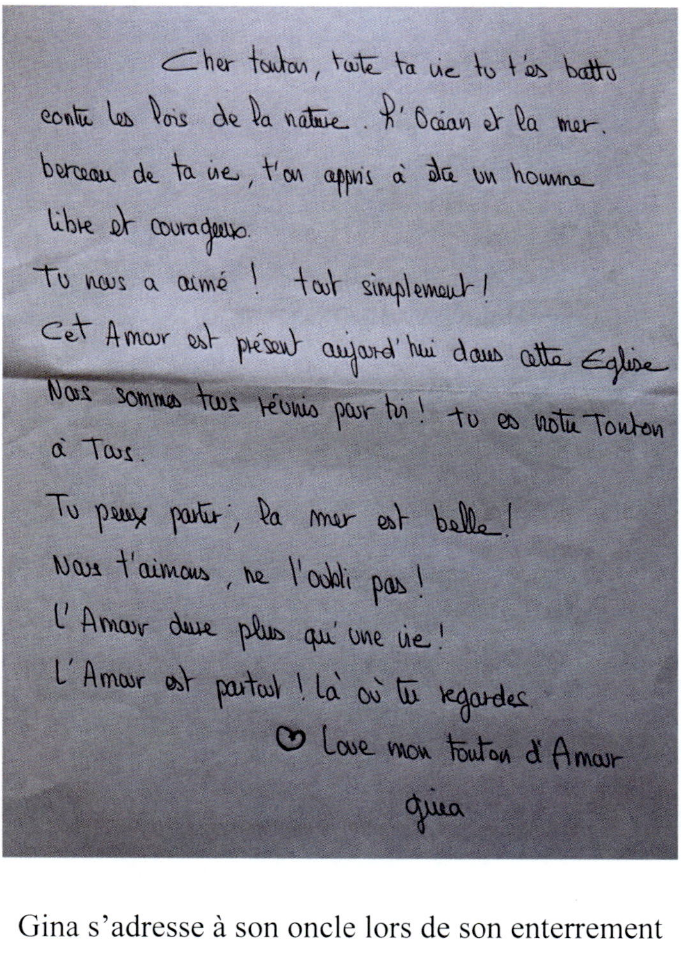

Cher tonton, toute ta vie tu t'es battu contre les lois de la nature. L'Océan et la mer. berceau de ta vie, t'on appris à être un homme libre et courageux.

Tu nous a aimé ! tout simplement !

Cet Amour est présent aujourd'hui dans cette Eglise

Nous sommes tous réunis pour toi ! tu es notre Tonton à Tous.

Tu peux partir ; la mer est belle !

Nous t'aimons, ne l'oubli pas !

L'Amour dure plus qu'une vie !

L'Amour est partout ! Là où tu regardes.

♡ Love mon Tonton d'Amour

Gina

Gina s'adresse à son oncle lors de son enterrement

CELEBRATION DE LA SEPULTURE
DE MAURICE TRICHET
Homélie
1° lecture : du Livre de la Sagesse ; Evangile de Saint Marc 4/35-41: « Jésus calme la tempête »

Pendant quelques instants, essayons de nous laisser interpeler par ces textes que nous venons d'entendre. Ils ont été choisis avec la famille de Maurice. Ils ont certainement un message à nous communiquer. A nous d'y être attentifs.

Dans cette lecture de l'Evangile, Jésus se présente comme celui qui vient libérer l'homme du mal. Au temps de Jésus, la mer était le symbole des puissances du mal dans le monde... Devant toutes les forces du mal qui les agressent, les hommes se demandent parfois si Dieu ne dort pas ! Or Jésus est là, il ne s'étonne pas de la peur des disciples devant la tempête , mais de leur manque de foi... Seule la confiance dans la victoire de Jésus Fils de Dieu sur les forces du mal peut leur permettre de surmonter cette peur.

De nos jours, nous n'avons plus la même façon de considérer la mer. Si nous savons bien que la mer est parfois dangereuse et a provoqué de nombreuses morts de marins aux Sables, comme dans les autres ports, nous devons savoir que Dieu n'est pas le responsable des accidents de mer, mais que ce sont les forces de la nature qui peuvent les provoquer. Le Dieu que Jésus nous a révélé est un Dieu- Amour. Par ce signe que faisait Jésus en calmant la mer, Jésus voulait ainsi aider les apôtres à bien comprendre le sens de la présence de Dieu dans leur vie.

Et nous aussi, nous devons découvrir la présence de Dieu dans nos vies : ce Dieu – Amour qui nous accompagne ... A nous d'être attentifs à sa présence.

D'ailleurs, en cette célébration de sépulture, nous sommes invités à nous rappeler que nos défunts continuent une certaine forme de présence auprès de leur famille. Oui, Maurice va continuer à accompagner d'une certaine façon son épouse Lydie et leur famille ... Il s'agit pour chacun de nous d'être attentif à cette présence de ceux que nous avons aimés et qui peuvent vivre désormais dans cette union à Dieu, chacun à sa façon... Que le Seigneur nous aide à vivre dans cette foi.

La première lecture, tirée du Livre de la Sagesse de l' Ancien Testament, nous aide à méditer sur le sens de notre vie : créés à l'image et à la ressemblance de Dieu, nous sommes faits pour la vie et l'amour... Rappelons-nous souvent cette parole de Jésus : « Aimez-vous les uns les autres comme je vous ai aimés ». Que le Seigneur nous aide à en vivre.

Dans cette célébration, Maurice nous réunit. Sentons-nous unis les uns aux autres... Et présentons au Seigneur toute la vie de Maurice : sa vie de famille , sa vie de marin qu'il a assumée avec courage et compétence. Lorsque la mort d'un proche nous plonge dans le doute, la parole de foi nous rappelle que Dieu ne brise pas les liens que nous avons tissés tout au long de notre vie... Que Maurice nous aide à nous ouvrir à la présence de Dieu.

Bernard Tesson

Homélie du Père Bernard Tesson, aumônier des marins

Lydie et Maurice sur le remblai

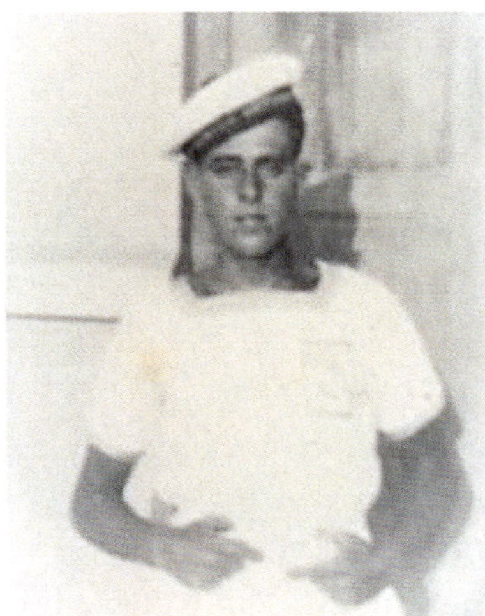

Matelot Gabier

Les ramendeuses sur le quai au soleil

Deo Juvante LS 3071

Le passeur pour La Chaume

Trois membres de l'équipage du *Deo Juvante* :
Joseph Moulic, Jojo, André

Dimitri Moulic (à gauche) membre de la SNSM, ǂ 7 juin 2020

Lydie au temps des années « Gendre »

Prieuré Saint Nicolas, 2 septembre 2014. Dernier hommage à Maurice lors de l'enterrement de Constant Friconneau

Remerciements

Gina tient à remercier Pierre-Marie de lui avoir permis de retracer la vie de son cher Oncle Maurice et de sa chère Tante Lydie et de l'avoir fait naviguer un instant à bord du *Deo Juvante.*

L'auteur remercie Gina des nombreuses informations et photos transmises et des échanges qui ont nourri le texte de ce roman.

Imprimé en France
Achevé d'imprimer en mars 2022
Dépôt légal : janvier 2022

Pour

Le Lys Bleu Éditions
40, rue du Louvre
75001 Paris